Buckin' Cunny Funt

LYRICS

THE TESTICAL BROTHERS

BUCKIN' CUNNY FUNT

SCOTLAND'S GREATEST LIVING PSYCHOPATH

Billy Watson is Scotland's Greatest Living Psychopath
Or at least that's how he likes to think of himself
He says, 'If you are going to do something, go all the way
Even if it is detrimental to your spiritual and physical health'

This should give you a clue that this book is not for self-help
Unless of course you do the opposite of everything Billy does
For nothing in his world ever goes the way it is supposed to
But Billy puts that down to 'The Man' and his 'Deplorable
   Fuzz'

This is Billy's first collection of stories told in poetic form
It includes tales of drinking, taking drugs and addictive porn
He hoped the writing would help him overcome his
   misfortunes
But he has since figured out he wiz destined to be society's
   thorn

Nonetheless he hopes that you can learn from his countless
   mistakes
Or at least get a laugh of recognition if you have shared the
   same fate
Maybe the tales will serve as a warning not to go too far off
   the rails
Or to at least get sober before committing to an unsuitable
   mate

He writes his stories down in his own broad accent
  vernacular
Not worrying too much about the lack of English translation
However, as your read, please do not get the wrong end of
  the stick
Billy is not an average representation of the whole Scottish
  nation

He is a one-off, a renegade, a deeply tormented soul
Who lives life on his own terms, most often embracing, 'The
  Fool'
There is no rhyme nor reason to the adventures he undergoes
Apart from his endless quest to never once be cool

After reading the book I am sure you will wholeheartedly
  concur
That cool is the opposite of what Billy has managed to
  achieve
You may have many words to describe his lack of social mores
But you can't deny he wears his badly bruised heart on his
  sleeve

So, settle in for the ride, for it will be a tumultuous one
You may wonder how it was possible to get into so many
  scrapes
Billy only asks that if you enjoy his tales to please share them
For if he doesn't get rich soon, he will forever carry a tonne
  of sour grapes

BUCKIN' CUNNY FUNT (SAMPLE)

A' hiv written a book ae poems
Wuid ye like a sample?
Ye dinnae hae tae give me money
Yer email address is ample

The poems aw tell a' story
The first yin bein', 'Cunny Funt'
Aboot ma debut attempt at comedy
Where a' wiz the litter ae the runt

The next yin's aboot ma 'Rock Star' goal
As a way tae get a sexy wife
A' thoucht by signin' a deal wi' the devil
A'd be free ae trouble an' strife

Ye wuidnae believe the trouble a' had
The time ma cock got incredibly itchy
When a' chatted up the sexy nurse
She became the epitome ae bitchy

Every year at Xmas a' get spots
But at least ma face doesnae turn blue
Remember when ye 'hink life is shit
There is aye'ways someyin worse aff than yoo

So enter yer details in the form
An' a'll send ye the sample book
Hopefully ye'll get a chuckle or twa
An' a'll hiv got ye by the hook

Cause really ma ultimate aim
Aftir a' gie ye access tae ma blog
Is tae upgrade ye tae ma paid shit
An' see whit else a' kin flog

But we'll no' get intae the richt noo
A' jist like tae pit ma cards on the table
A'm noo like the othir gurus oot there
Whae try tae sign ye up on a fable

Really though, a' jist want tae help
Ye cuid even be ma affiliate
An' taegethir we cuid tell the system
We nae langer wish tae associate

So a' look forward tae seein' ye on the inside
By that, a' dinnae mean jail
Some ae ma members get a bit carried awa'
Aftir they hear me rant an' wail!

Whit the hell are ye waitin' fur?
Enter yer details below
Ye'll get access tae ma samples
An' we'll aw be guid tae go!

GREETINGS

Greetin's, an' cheers fur takin' the time tae peruse ma book
A' ken it's no' as much fun as gettin' yer furst look
But in a wurld where reflection time is few an' far between
Please invest in ma wurds an' see whit ye kin glean

A' wish this book contained the answers tae aw'body's
   dream
Then we wuidnae feel the need tae shout an' fuckin'
   scream
The irony bein' that we hae the answers aw alang
It's jist that some ae uz drink beverages that are way tae
   strang

Whit ye are aboot tae read shuid be treated like a treat
Ye are rewardin' yersel' fur pittin' up yer feet
Switch yer wi-fi aff, if ye are yin ae the mobile crew
So ye kin be free ae that book, where aw the faces spew

We are goin' on a ride taegethir, intae the mists ae time
Tae the 'noo', where a' wrote the wurds, an' forced the
   dodgy rhyme
A' didnae plan whit tae write, the saliva jist poured out
A' wiz jist there tae catch it an' funnel it doon the spout

If ye feel the luv perhaps ye kin tell aw yer freends
That ye ken a crazy dude whae hiz probably got, 'The
   Bends'
But that he writes wicked poetry an' needs loads ae cash
Fur hoo else is he goin' tae pay fur his next stash ae hash?

15

Hopefully yoo an' they will at least get a hearty chuckle
Maybe even yin or twa poems will even mak ye buckle
If ye want some mare ae me, ye kin join ma VIP
   membership site
Jist be warned that ower there, a' talk even mare total shite

But it is a place fur me tae connect wi' ma fans
Cause on aw othir social sites aw a' get is bans
But if ye hae a brain we kin chew the banter
An' a' willnae need tae turn intae a troll destroyin' ranter

So tak a deep breath afore ye dive straight in
If su'hin triggers ye, dinnae immediately throw the book in
   the bin
A'm sure ye kin tell by noo, yer in fur a hellae a ride
Ye may as well enjoy it, like ye wuid a new bride

TWITTER WELCOME

A'richt there? Hoo's it hangin'?
Cheers fur followin' me
A' dinnae ken whit yer aftir
A' jist hope ye dinnae flee

Cause a' talk pish fur Scotland
A' dinnae stop tae 'hink
So when ye read ma tweets
Jist remember a' need a shrink

Cause a' tend tae reveal ma inner-self
Which believe me is pretty scary
So if ye feel yer up tae it
A'd still advise ye tae be wary

A' spend ma time searchin' fur truth
An' tryin' tae educate folk
But maest ae them are morons
Whae dinnae even enjoy a toke

No' that a' am su'hin special
A' cannae even find employment
Cause a' hiv yin stipulation
A' only dae 'hings fur enjoyment

So let's be freends shall we?
Go an' check oot ma blog
Why no' leave a comment?
Ye may as well go the 'hale hog

An' a' will follae ye back
Oot ae politeness if nu'hin else
An' ye cuid help me find ma way
Back tae mental health

Ok, that last verse didnae rhyme
But please dinnae sob
A' like tae bend the rules
If ye dinnae like it, ye kin suck ma....plums

So thanks fur payin' attention
Tae ma little rap
An' if a' choose tae unfollae ye
It's cause yer tweets are crap

ROCK STAR

In ma early twenties
A' had yin goal in life
Tae be a, 'Rock 'n' Roll Star'
Mainly, jist tae get a sexy wife

An' a' cuidnae face the rat race
The 'real' wurld wiz no' fur me
Gettin' a job wiz no' an option
Especially wi' ma CV

So a' tried tae learn guitar
A' practiced half an hoor a night
But in the end a' had tae admit
Ma playin' wiz fuckin' shite

So a' gave that up an' a' telt ma freends
That a' wiz born tae sing
An' that Elvis wuid soon be kent
As the ex-king

But a've got a voice like a goose
Fartin' in the fog
A'd hae settled fur bein' a prince
Instead ae a tuneless frog

So a' started usin' heavy drugs
An' drinkin' lots ae lager
A' thoucht by dain' that
A' cuid be the new Mick Jagger

It turns oot the, 'Rock 'n' Roll' lifestyle
Really isnae that cool
A' cuidnae function properly
Aw a' cuid dae wiz drool

The doctors took me awa'
Tae try an' cure ma addiction
Unfortunately they cuidnae fix
Ma 'Rock Star' fantasy affliction

Fur in the ward, a' didnae sing sae much
As whistle tae the moon
A' wiznae allowed tae eat ma food
Wi' any'hin' othir than a spoon

The only 'hing that kept uz goin'
Wiz the thoucht ae 'Rock Stardom'
It wiz the only 'hing that cuid save me
Fae turnin' oot a bum

So when a' got released
A' organised a tour
An' a' ignored aw the skeptics
Whae want me tae stay poor

Ma mates are a case in point
They said a' wiz a 'no talent' nutcase
So a' took some singin' lessons
Tae wipe the smile aff their face

Three hun'er poond, fur ten lessons
Tae try an' turn a frog intae a prince

But nae matter hoo hard a' tried
A' wiz still a bag ae mince

The teacher wiz quite patient
A' assured her, a' wiznae takin' the piss
But she cawed it aff, aftir jist twa lessons
Sayin', "Thirty pound an hour, is not worth this!"

But by that time it wiz tae late
A' had tae dae whit a'd said
So a' done a tour ae karaoke bars
Wi' bottles flyin' past ma head

Even semi-conscious
A' still gie it aw a've got
Ye'd be surprised at hoo quickly
Booze thinned blood kin clot

If only a' hadnae built masel up tae be
Su'hin that a'm not
Fur a'll nevir be a 'Rock Star'
A'm fuckin' much mare talented than that lot

Some day a'll be discovered
Fur the genius that a' am
Fur whae else kin sing, 'Heartbreak Hotel'
While drinkin' lager fae a can?

So a've decided tae audition
Fur that fuckin' X-Factor dude
He'll flip his lid when he hears me sing
Providin' he's no' a prude

Then he'll mastermind ma pop career
A'll mak it big across the pond
Then ma dream will hae come true
When a' eventually marry ... a big titted blonde

FUNNY CUNT

People are aye'ways tellin' me
That a' 'hink a'm a funny cunt
So a' tried stand up comedy
Tae get famous, tae be blunt

A' decided no' tae bothir
Tae write some funny shit
Whit, wi' ma natural charm an' patter
A' thoucht a' cuid jist 'wing it'

Tae get intae the mood
A' had a drink or two
The othir acts were pretty guid
A' realised then a' wiz in deep stew

Fortunately though, a' wiznae short fur wurds
As a'd polished aff a half bottle ae rum
Unfortunately, they came oot like gobbledygook
A' guess a' shuidnae hae popped the valium

Aftir some brief hallucinations
A' kind ae got masel' taegethir
A' explained that a'm an artist
So their feelin's better no' be as licht as a feathir

So a' began by talkin' aboot the time
A' got ma baby as pissed as a skunk
Cause a' fuckin' hate a sober person bein' aroond
When a'm tryin' tae get drunk

But they didnae get the punchline
They were mare concerned aboot the child
A' said, "Hey look, it's ma bairn
A'm bringin' it up tae be wild"

They started tae get restless
Why? A' dinnae ken
So tae win them back, a' telt them hoo
A' mak luv tae ma dug, Ben

They didnae tak tae well tae that
They were intae animal richts
A' said, "A' thought dugs were man's best freend
Especially on 'sleep on the sofa' nichts"

At this point some geezer shouted
He said a' wiz a 'disgrace tae humanity'
Whit's the deal with these arseholes
Whae cannae laugh at a bit ae vulgarity?

Ae course a' wiz jist jokin'
A' dinnae actually fuck ma dug
But a' did gie that PC prick a brutal retort
A' wished a jist had laughed him aff wi' a shrug

Cause the fuckin' Polis soon arrived
Su'hin' tae dae wi' the anti-terrorism act
Thankfully a' managed tae dodge them
Well, a' started a ficht, tae be exact

When the place wiz in an uproar
A' got shown a way oot the back

A booncer whae kens ma mothir
Decided tae cut me some slack

It jist goes tae show
Nevir judge a book by its cover
Even booncer's hae their soft side
Some may even be a tender lover

But wherevir a' go it's the same
People dinnae un'erstan' me
A' hiv got guid intentions
They 'hink they jist get whit they see

Ok, ok, so sometimes a' terrorise the neighboorhood
Wi' ma drinkin' an' ma spew
An' sae whit if the audience didnae find me funny
It wiz ma goddam comedy debut

But a' hiv got a heart ae gold
It hiz jist went a little astray
A' didnae mean tae knock that geezer oot
When a' threw that glass ashtray

But a' nae doobt got whit a' wanted
At least tae some degree
Cause ma face is noo plastered aw ower the news
Let me tell ye, fame isnae aw it's cracked up tae be

Cause noo a' hiv tae live life on the run
The dude didnae recover fae his broken skull
But whit pains me maest, is that a' tried ma' best
An' that fuckin' stuck up audience...were no' in the least bit
   grateful

ITCHY WILLY

A' had jist got aff the bus
When ma willy began tae itch
A' didnae care hoo it looked
A' had tae gie it a serious twitch

That didnae solve the problem
In fact, it made it worse
So a' took a look at ma dick
An' screamed, 'Help, a' need a nurse!'

A' then felt it startin' tae burn
So a' ran tae the nearest 'John'
Stuck ma hand doon the bog
An' splashed the stinkin' water on

Nu'hin' hiz evir felt better
A' thoucht it wiz goin' tae ignite
Flames burstin' oot ae ma cock
Wuid hae given me an awfy fright

A' then inspected ma knob furthir
Ma foreskin wiz in a really bad way
Even worse, when a' puwed it back
Ma purple helmet wiz on holiday

It wiz covered wi' a bricht green fungus
The kind ye dinnae see doon the park
If someyin had switched the lichts oot
It wuid hae glowed in the fuckin' dark

A' nearly broke doon in tears
Whit had happened tae ma dick?
A' thoucht, 'A'd better get tae hospital
Super duper quick'

A' wiz telt tae tak a seat an' wait
Fur whit seemed like fifty hoors
This time ma cock did ignite
So a' used the water fae some flooers

A bonny nurse then took me
Tae the STD department
If ma cock wiz in wurkin' order
A'd hae asked her back tae ma apartment

In fact a' thoucht she fancied me
When she telt me tae drop ma drawers
An' get spread-eagled on the bed
So she cuid perform her chores

A' realised ma silly mistake
When ma cock discharged some pus
A' had mare chance ae gettin' a shag
Fae the burly male driver ae that bus

"Mmmm, that's unusual," she said
"I haven't seen that before
Have you been having sex with beasts?"
"Well, ma last ride looked like a wild boar"

"You are no oil painting yourself," she said
A' 'hink she wiz a feminist

"Nevir mind that, whit aboot ma dick?"
"Well, you'll need a standing order for your chemist"

That wiz some time ago
Ma dick is noo in tip top health
A' didnae visit any chemist
'Big Pharma' hiz enough ill-gotten wealth

Instead, a' went tae see 'Mad Doctor Rab'
Whae operates fae the boozer
He telt me that every nicht fur a month
A' shuid stick ma dick inside a hoover

Noo, a' ken whit ye must be 'hinkin'
Cause at first a' wiz the same
A' thoucht, 'Eithir this cunt's jist kiddin' me on
Or else he's tot'ally insane'

But whit dae ye ken? It came up a treat
It's noo as guid as new
There wiz even a positive side-effect
A'm sure a' gained a millimetre or two

Aye, that's richt, ma dick is that small
That a' notice the minutest ae expansion
A' jist hope the next burd that takes ma cock
Willnae inflict me wi'…spontaneous combustion

Mind ye, that iznae likely, seein' as hoo contagion is a myth
Ma instincts were richt in avoidin' their drugstore
The only problem is a' noo bang on aboot it tae aw cunt
An' people noo 'hink a'm the wurlds biggest bore

SHAME ON THE FAMILY

Ma sister saw hoo much ma lavish weddin' cost
An' decided tae hell wi' that
So fur the same price, she went tae Kenya fur hers
An' also managed tae re-furnish her flat

She invited aw the family oot there
Providin' we were game
Ae course we had tae pay fur oor aen ticket
Or else that wuid ae defeated her aim

Ye wuid ae thought that Kenya had enough wild animals
Wi'oot throwin' ma family intae the equation
The fact that it said, 'Free Bar' in the brochure
Wiz enough tae ensure a large Scottish invasion

Obviously the bevvie isnae really free
Or else they wuid hae a severe alcohol dearth
It's jist that bein' Scottish it is yer duty tae drink twice mare
Than every othir nation on Earth … combined

An' ae course a' abused that situation tae the max
Nae yin else wiz at the races
A' ended up bringin' shame tae ma family
No' tae mention, anger tae their faces

None mare so than the big day itsel'
When a' had risen wi' a thumpin' heed
A' had tae dae a quick check on the groom
Cause last nicht, a' thoucht a' drank him deed

A' badly needed some hair ae the dug
So a' bolted back tae the bar
Wi'oot a couple ae large stiff shots
Even the burds twerpin' wuid begin tae jar

It only took aboot three beers an' six whisky chasers
Afore a' wiz back in the party mood
So a' scored some dope, fae a local beach boy
In exchange fur some dodgy leftower cauld food

When in Kenya, dae as the Kenyans
So a' made sure that joint wiz packed
A' wish a' hadnae ae bothired
Cause that shit wiz stronger than crack

Yin puff wiz enough tae knock me sideways
A' wiz tot'ally ootae ma fuckin' heed
A' only managed aboot fower tokes
Ae that high powered hydrochronic weed

Jist then ma radiant sister appeared
Lookin' pretty damn fine
A' thoucht, 'Fuck me, a'd shag that'
Which definitely wiznae a guid sign

Ae course, a' only jist thoucht it
Despite ma sudden admiration
A' wuid ae stopped masel fae dain' it
Even if only…at the point ae penetration

That's no' tae say a' wuid get that far
A'm sure a'm the last guy she'd tak tae bed

A' did try it on wi' ma step-sister though
That's jist yin reason why ma wife regrets the day we got wed

Although she doesnae hae tae worry
As burds stay awa' fae me, as they wuid a shitty stick
But that is tae their aen detriment
A' guess they must aw be thick

Behind ma sis, ma OCD mothir appeared
Took yin look at me, an' wanted tae feed me tae a lion
She screamed, "What the hell have you been up to?"
A' said, "Ma, a'll tell ye when ye stop cryin'"

Ma faithir wiz hoverin' aroond
Playin' wi' his new fancy camcorder
But ma maw wiznae tae impressed wi' that
So she gave him a fairly blunt marchin' order...

A' cannae mind the weddin' vows
Cause a' wiz tryin' tae hauld ma sick in
A' then launched a pavement pizza
Afore findin' a vase tae use fur a spew bin

But that wiznae the wurst ae ma antics
Oh naw, that wiz still tae come
A'll nevir forget the look on their faces
Especially that ae ma pare tortured mum

Cause aftir the ceremony it wiz time tae party
A' had jist aboot clambered oot ae the mire
So a' had anothir beer, a couple ae shots an' a joint
Afore dancin' tae the Kenyan version, ae Earth, Wind an' Fire

We were aw groovin' awa' in a large jovial circle
A' wiz dain' 'The Twist' tae the Africans drummer's beat
Next 'hing ye ken, ma ba's were hangin' ootae ma kilt
They were danglin' aroond ma feet

A' wiz blissfully unaware ae this
But on da's video, ye kin see ma's rage
At the time, a' didnae ken whit she meant
When she telt me, tae pit ma moose back intae its cage

Afore ye kent it, some locals had gaethered
An' yin by yin, their jaws aw joined ma ba's on the flaer
Fur in their 'hale lives, while livin' in Africa
None had evir seen…ginger pubic hair

They were aw in a state ae shock
It turned the reception quite clammy
Fur nor had they seen an adult willy that small
It certainly wiz, a unique double whammy

'Hings got even worse though
When a' covered masel in ma aen pish
A' tell ye, a' wiz sae embarrassed
That a' even tried tae claim that a' wiz English

But a' didnae get awa' wi' that yin
Everyin' kens Englishmen dinnae hae the ba's
Tae wear a skirt wi' nae knickers un'erneath
While ye officially gain yer in-laws

The reason ma family ended up fuw on ragin'
Wiz no' cause a'd made yet anothir tit ae masel
It wiz cause, no' only wiz a' sick in the vase
Later on, a' spewed aw ower the cake as well

That wiz the last family holiday we aw went on
Noo we live in the same toon, but rarely dae we contact
Ma maw prays fur the social credit system tae kick in soon
So she'll be able tae avoid me cause a'll be traced an' tracked

MAGIC MUSHIES

A' hiv taken aw the major drugs
Fae viagra tae Buckfast wine
But a' hadnae tried magic mushrooms
A' wiz waitin' fur a divine sign

Yin day ma' wurkmate Jim turned up
He had jist picked twa hundred
He asked if a' wanted tae go halves
'Is this the sign?', a' wu'ner'ed

The reason why a' pondered
Is that a' kent this wiz fur real
The mushies tak nae prisoners
Yiv got tae tak the hand they deal

Eventually a' said, "Aye sure, fuck it
Whit harm cuid they dae?
A've got a high tolerence fur drugs
An' a'm feelin' lucky today"

But a' wiz awready on medication
Fae aw ma years on top grade acid
A' really didnae need any mare drugs
Tae mak ma brain mare placid

We decided tae tak oor magic trip
Beside a loch in the middle ae naewhere
So that in case we started freakin' oot
We wuidnae attract any disapprovin' stare

On arrivin' we pitched oor flimsy tent
An' breathed in the fresh loch air
But afore a' took the funky fungi
A' got on ma knees, an' said a heartfelt prayer

'Please god, dinnae let these boomers
Screw ma' brain richt up
A've heard they are divine
A' jist want tae drink fae yer lovin' cup

A' dinnae want tae go furthir roond the bend
Or else a' may lose ma job
A' wiz lucky tae keep it the last time
A' telt the boss he kin suck ma knob'

When a' felt ma mind wiz centred
A' swallowed an' washed them doon
Then wu'ner'ed hoo lang it wuid be
Afore a' reached the dark side ae the moon

A' didnae hae lang tae wait
Afore a' started feelin' their effect
"Holy moly, these mushies are kickin' in", a' said
"We are goin' tae be seriously wrecked"

The heathir clad hills aw started dancin'
They were pittin' on quite the show
A' wiz stugglin' tae hauld on tae reality
As a' felt ma remainin' sanity aboot tae go

Jist then, a' heard a familiar voice
Come tot'ally oot ae the blue

It said, "Hello, Billy and Jim
How the hell are you?"

At first a' didnae answer
A' wiz tryin' tae contain ma fear
Then a' heard the voice again
It said, "What the hell are you doing here?"

On turnin' roond, ma heart skipped a beat
A' wiz stuck fur wurds tae say
It looked like oor boss fae wurk
Wiz walkin' the West Highland Way

"Fuck, these mushies kick ass", a' said
"Jim, are yoo seein' whit a' see?"
Jim said, "Aye, but it's no' the mushies
It really is George McNee"

"Whit? It cannae be"
An' me an' George looked at each othir
A' thoucht, 'Fuckin' hell, wuid ye believe it?
There's nae escapin' fae Big Brothir'

Whitevir a' dae a'm a sittin' duck
That tot'ally goosed the trip
So a' offired him a toke ae ma joint
Tae see if he wiz hip

But there's su'hin aboot bosses
Even when they're ootside ae wurk
They've got this way ae actin'
Like a total friggin' jerk

He said, lookin' doon on uz
That drugs were fur losers
A' said, "Whit dae ye mean by that?"
An' then a' pissed ma troosers

Then his face changed
Intae a blood suckin' vampire bat
A' started tae get worried
That he'd come tae get fat

The mushies were noo in control
There wiz nu'hin' a' cuid dae
A' took a severe fit ae the giggles
When he asked if a' wiz okay

A' cuidnae deal wi' the situation
So a' took cover in the tent
A' dinnae ken hoo Jim managed
Cause ma brain wiz noo way beyond bent

Eventually George buggered aff
Jim wished him well on his way
But he thoucht he wiz bein' sarcastic
An' said, "I'll see you both on Monday"

But he'd raised an interestin' point
A' thoucht aboot this aw nicht lang
He said that drugs were fur losers
But a' 'hink he's seriously wrang

Cause while high as an astronaut's kite
A' realised that life is aw aboot perception

An' he's got a serious problem
'Hinkin' he's an immaculate conception

Jist cause he went tae some posh university
Makes him 'hink he's above the layman
Well, a've tested the limits ae ma mind
An' noo a'm officially, as mad as a Shaman

Knowledge is power, it is true
An' oor so cawed 'boss,' wiz severely lackin'
A' guess that wiz the reason
Fur oor Monday mornin' sackin'

THE JIM ROSE CIRCUS

It wiz during the Edinburgh Festival
That the Jim Rose Circus came tae town
Fur those ae ye, whae are unaware
It's a circus wi' a very different kind ae clown

They are Jim an' his pal Egor
A psycho covered in green tattoos
They torture themselves fur a livin'
While shatterin' aw societal taboos

They like tae eat lots ae maggots
Razor blades an' parts ae a car
Jim said the only 'hing he wuidnae eat
Is a Scottish deep-fried Mars bar

Noo fur some strange unkent reason
Ma freend suggested we go tae the show
We were bathe dain' a lot ae LSD at the time
A' 'hink that's why a' agreed tae go

Well Jim an' Egor, they dinnae hauld back
They believe in giein' yin hun'er per cent
A' 'hink they were jist tryin' tae prove
Their manhood is no' even slightly bent

Fur they stuck skewers through their arms
Let aff moose traps on their tongue
They then set fire tae their genitals
Whilst fae their fingers they were hung

At that point a' nearly fainted
A' jist aboot managed tae regain ma breath
A' dinnae ken hoo they were copin'
Cause a' wiz fairly close tae death

Then came the show stoppin' moment
The hoose lichts dimmed
Egor drank a jug ae hot man juice
An' it wiznae even skimmed

He washed it doon wi' a pint ae blood
An' some urine fur guid measure
Hoo much wiz he getting paid?
Surely he dain' it fur pleasure?

Then he broucht some back up intae a glass
By Jim batterin' his rib cage
He then invited any thirsty volunteers
Tae come up ontae the stage

The audience jist laughed
It wiz obvious he wiz jist bein' kind
He kent that fur any yin tae drink it
They wuid hae tae be, tot'ally oot ae their mind

But ma bud had seen a preview ae the show
He had planned this aw alang
He stood up an' proudly shouted
"Aye sure, a' hope it's really strang"

He made his way ontae the stage
Where the wurld's wurst pint did await

It had that much semen in it
It'd probably turn a gay man straight

Egor handed him the sickly concoction
Sayin', "I think you are taking this joke too far"
But ma freend jist smiled, then dooned the lot
Some people will dae any'hin,' tae be a star

Ma mate then returned tae his seat
The crood were in a state ae major shock
They cuidnae focus on whit Jim wiz sayin'
Aw they cuid dae wiz face ma mate, an' gawk

Jim wiz mare embarrassed than angry
Upstaged at his aen wurld renowned show
They had tae caw an abrupt end tae the evenin'
There wiz nae place mare extreme fur them tae go

Everythin' wiz pretty cool fur aboot a week
Oot ae the skeptics he had foond at least yin believer
But yin day his face turned green, an' he cuidnae eat
He had come doon wi' a life threatenin' fever

Fur the next twa week's he wiz at death's door
His stomach refused tae accept a single 'hing
He then asked me the stupidest question, a've evir heard
"Dae ye 'hink drinkin' Egor's spew, made me spew ma ring?"

It wiz at that point a' suddenly realised
That oor freendship had tae immediately end
An' evir since a've been aff the lysergic acid
A've never again saw...ma psychotic imaginary friend

YOOTH FITBA

As soon as a' cuid walk
A' wiz kicking a ba'
A' practiced every day
As if it wiz the law

A' got signed up tae play
Fur a team that wiz guid
But a' didnae dae as well
As a' probably shuid

Cause the manager thoucht
He wiz Jock Stein
Except he had the management skills
Ae that clown, 'Mr Bean'

If, by half time
We wernae winning five-nil
He'd start his team talk
Wi' a loud girlie shrill

Then he'd start goin' mental
Throwin' Ribena everywhere
We had tae play the second half
Wi' purple stains in oor hair

A' wiz yin ae those players
Whae needed tae hear
Wurds ae encouragement
In ma young ear

Like, "Relax Billy son,
I've got faith in you
Just go out there
And do what you do"

The last 'hing a' needed
Wiz a ragin' psychopath
Threatenin' tae droon me
In the dressin' room bath

Yin time he loudly screamed,
"Billy, have you no sense?
What the hell are you doing,
Dribbling the ball out of defence?

Why don't you give it some wellie?
Or are you trying to make me glower?
Do you know you're Billy Watson?
Not Franz Beckenbauer!"

A' wiz like, "Leave me alane,
Dinnae ye ken a'm only nine?
A' dinnae come here every week
Tae listen tae yoo, greet an' whine

A' ken why ye're permanently angry,
It's cause yiv nevir had a burd"
A've aye'ways had tae hae
The last killer final wurd

"Right that's it young man
You're oot the team"
Were the last wurds
A' heard him scream

Cause a' melted a loose ba'
A' smashed it aff his beetroot face
He micht hae been the gaffer
But ma boots he cuidnae lace

He wiz rushed tae hospital
Wi a suspected broken nose
That'll teach the prick
Fur steppin' on ma toes

A' then joined anothir team
That wiz honestly pretty naff
But the main 'hing wiz
We had a damn guid laugh

As fate wuid hae it's way
We played ma auld team in the cup
We were unlucky tae lose twa - yin
But a' played well, an' held ma' heed up

Ma auld boss came up tae me
Wi' great glee, at the game's end
Tae violently shake ma hand
Like some lang lost best friend

He said his life had forevir changed
An' he had mini-beckenbauer tae thank
Cause he wiz noo permanently livin wi'
Some sexy burd cawed Frank!

FANTASY FITBA

A' used tae live near a fitba' groond
That ae East Stirlingshire F.C.
Ye had tae pay twelve poond tae get in
A' 'hink they shuid hae let ye in fur free

Cause they hardly evir won a game
Their style ae fitba' wiz quite bleak
So ma life wiznae tae affected
By huge croods every othir week

In fact half ae ma neighboors
Didnae ken aboot the groond at aw
But maest ae them were heroin addicts
Wi' mare interest in a spoon than a ba'

But a'll nae hear a bad wurd against them
They aye'ways helped me oot when ma TV got nicked
So quick did they find an exact replacement
A' wun'ered if the heroin made them psychic

A' thoucht alcohol wiz the only drug
That turned ye intae a psychic seer
When ye 'hink ye are goin' tae be sick
Indeed, ye aye'ways bring up that beer

Yin time while livin' there, a' had a hangower
That wiz sae bad, ye wuidnae believe

Ye cuid hae set fire tae ma wankin' chariot
An' a' still wuidnae ae been able tae leave

So a' didnae mak it intae wurk that day
A' guess that comes as nae surprise
It also pit paid tae ma fadin' chance
Ae gettin' ma guid attendance rise

Eventually a' felt almost human
A' had gie'en masel' an almichty scare
The hoose wiz noo rancid, wi' puke an' farts
A' badly needed some toxic free air

As a' wiz officially on the sick fae wurk
A' had tae be careful where tae go
So a' went tae watch East Stirlingshire
It seemed like the safest place tae lie low

But when a' entered the meagre groond
A' cuidnae believe ma disbelievin' eyes
A' am sure fae the ootir earth
Ye cuid hae heard ma anguished cries

"Whit are the television cameras dain' here?"
A' screamed an' bared ma unshapely teeth
"It's no' like they are playin' Real Madrid
They are playin' fuckin' Cowdenbeath!

The only people remotely interested
Are awready bloody goddam here
God, why dae ye keep fuckin' wi' me?
It's nae wu'ner a' drink hun'ers ae beer"

As the crood wiz obviously sparse
A' tried tae hide behind a regular Shire fan
A' explained tae him the situation
But he jist telt me tae, "Be a fucking man"

So a' decided tae brave it oot
Although a' must hae been pure mad
Cause the quality ae the alleged fitba
Made castration seem no' that bad

Maybe that's why that infamous street
Hiz sae many hopeless drug users
They went tae watch, 'The Shire'
An' turned intae serial self abusers

Cause 'The Shire' aye'ways finish bottom
Ae the bottom division every year
They are sae bad that when they score a goal
Opposin' fans gie a sarcastic cheer

Every season they aim tae get oot ae their rut
An' try tae string a few wins taegethir
But there is mare chance ae Scotland
Bein' famous fur scauldin' wethir

A' dinnae ken whae are the biggest losers
Ma neighboors, the fans or the team
Fur none ae them will evir succeed
Wi' their addictive fantasy pipe dream

When a' went tae wurk the next day
A' wiz cawed intae the big bosses office

He'd saw me at the game, so tae keep ma job
He said a' had tae offir him a vacant orifice

Well a' certainly wiznae that desperate
So a' telt the toff tae get tae fuck
Twa weeks wi'oot any pay later
A' wiz back there, tryin' ma luck

THE HARDER THEY COME

In ma wild an' crazy fucked up yooth
A' wiz a big Bob 'One Love' Marley fan
So a' wiz inspired tae visit Jamaica
Tae hang oot wi' the Rastaman

Twa ae ma mental mates joined me
We were cawin' it a 'spiritual quest'
As we'd heard the herbal gear there
Wiz by far an' awa' the stoner's best

Aftir a incredibly hellish journey
Where we thoucht we were goin' tae die
We needed some cocktails at the bar
Afore lookin' fur the means tae get high

We didnae ken exactly whae tae ask
That cuid supply uz wi' the spiritual dope
So we decided tae meander ootside
Tae see whit we cuid try an' rope

As we left, some pontificatin' twat
Warned uz aboot the danger
Ae digressin' fae the beaten path
Or waltzin' aff wi' any stranger

He said we are jist seen as cash cows
Whethir we gie voluntarily or not
By the time we get back tae the hotel
We wuid be lucky tae piss in a pot

So we took twa steps ootside the gate
An' were met by a homeless lookin' man
He wanted tae show uz Mick Jagger's hoose
So a' said, "Aye, let's hae a scan"

He walked uz doon a desolate road
Intae an open empty field
'Oh, oh', a' thoucht, 'There's trouble here,
We hiv jist been reeled'

Tae try an' get him on oor side
A' got straight tae the point
A' said, "Hey man, dae ye ken where
We kin score some gear fur a joint?"

Those were the very wurds
He'd been waitin' tae hear
So he took aw oor combined dosh
An' said, "Heeey Maaaaan, do not fear"

Fur oor peace ae mind, as a guarantee
He left behind his Brazilian fitba top
That ye wuidnae pay tuppence fur
In the local charity shop

Waitin' there, surroonded by flies
We' thoucht we had been had
But as we were aw still alive
That gave uz su'hin tae feel glad

But whit de ye ken? We were wrang
He wiz back in a jiffy flash

An' he wiznae shy in comin' forward
Tae help uz smoke oor stash

We got on well wi' the pare cunt
He certainly wiz a genuine geezer
He wanted tae ken if Scotland
Really wiz as cauld as a freezer

We telt him that it fur sure wiz
An' that we'd rathir live there
As lang as we cuid afford
Better clothes than his tae wear

Aftir gettin' majorly mashed
We floated back tae the hotel
Still tot'ally an' completely unaware
That nicht wuid be a livin' hell

Yin ae the yoong waiters at dinner
Offired tae show uz a trendy club
Ae course we had tae say, "Aye,
Aftir we finish oor all-inclusive grub"

A' splashed on ma, 'Auld Spice'
As a' wanted tae mak an impact
It turns oot a' wiz jist grateful
Tae escape wi' ma face intact

The club wiz in the middle ae naewhere,
It wiz a ramshackle lookin' place
When a' got inside, a' wished a' wiznae
So ootae ma freakin' face

Cause three naked burds were on stage
A' cuidnae believe whit a' wiz seein'
They were groovin' awa tae, 'Oh Carolina'
An' yin ae them wiz peein'

Anothir wiz shovin' a beer can
Intae her fairly wide private parts
While the othir wiz strikin' a match
An' lichtin' up her frequent farts

A' wiz young an' very naïve
A' jist wanted tae go hame
Ma mates bathe quickly agreed
But the waiter wiz playin' a game

He had went an' left uz by oorselves
In the club fae whit seemed like hell
A' actually thoucht a'd shat masel
Cause su'hin began tae smell

A' then realised hoo white we were
Nae yin else wiz remotely close
It wiz like the place wiz haunted
By three nervous Scottish ghosts

We waited at the badly lit bar
Fur oor so cawed 'local guide'
Wi' oor fluorescent skin colour
We cuidnae exactly hide

Then a scary lookin' psycho
Wi' a nasty evil look in his eye

Started comin' ower tae uz
We thoucht oor end wiz nigh

'Hings took a turn fur the worse
When he started gie'in me flak
Jist cause a' had the cheek tae say, 'nah'
Tae his offir ae the finest crack

A' didnae ken if he wiz a drug dealer
Or a stage performer's pimp
It didnae matter fur eithir yin
Wuid hae made ma willy stay limp

Cause the thoucht ae tryin' tae satisfy
An, 'Oh Carolina,' dancin' chick
Made me feel like a' hiv got
A baby peanut fur a dick

By the time oor waiter returned
Wi' a huge smile upon his face
The three ae uz looked like
We had been sprayed wi' mace

We tried tae play it cool
Sayin' this wiznae oor scene
We prefer a club, where the totty
Isnae quite sae desperately keen

A' dinnae ken hoo that burd done it
She had an endless supply ae gas
Fur aw the time we were there
It wiz like she had a blow torch up her ass

Maybe we shuid hae been mare brave
An' stuck it oot until the end ae the night
But a' jist cuidnae get intae the groove
Wi' that owerpoo'erin' smell ae shite

Fur the rest ae oor holiday
We didnae venture ootside aftir dark
Even though we'd been reassured
Their pussy's dinnae bite as bad as they bark

But a' saw 'hings a' still cannae believe
Ye shuid hae seen where they pit their thumb
An' the mare diverse the objects they shove up there
Apparently, the harder they cum

LAMBS TAE THE SLAUGHTER

Ma wife is a muslim an' a' insulted her faithir
Cause askin' him fur her hand wiz tae much bothir
So he didnae come tae Scotland fur his own daughters
    weddin'
Instead he jist stayed at home, an' planned ma beheadin'

A' ken he wanted tae cut short ma life
When his weddin' present tae uz wiz a single steak knife
Eventually the time came tae pay him a visit
We were buyin' a hoose, an' he had the deposit

When a' pushed the bell a' wiz as scared as hell
A' wiz convinced a'wiz ringin' ma aen death knell
When he answered the door, a' wiz taken aback
When he didnae grab a cleaver an' start tae hack

He seemed pretty calm, in fact quite placid
Maybe he wiz goin' tae feed me sulphuric acid
But aftir dinner a' wiz as richt as rain
A' wiz wu'ner'in hoo, he wiz goin' tae inflict ma pain

It wiz time fur bed, so far a' had escaped ma plicht
So tae celebrate, a' shagged his daughter aw nicht
A' wrapped the condoms in a big ba' ae bog roll
But nae yin had telt me, Turkish toilet pipes are small

Fur the next few days, me an' her faithir got on well
Even wi' the language barrier, we began tae gel

It's amazin' whit consumin' loads ae Raki will do
Even though every nicht, it made me violently spew

A' wiz nevir so ill though, no' tae fuck his daughter
Like aw newly-weds we were like lambs tae the slaughter
A' kept flushin' hefty parcels doon the loo
Even though the bathroom bucket wiz an obvious clue

The time had nearly come fur uz tae leave
But whit happened next a' cuidnae believe
Aroond noon on the day we were flyin' home
When a' flushed the toilet, it began tae foam

It started eruptin' like an Icelandic Geyser
Why this wiz happenin', a' wiz still none the wiser
There wiz piss an' shit, aw ower the floor
It then formed a river runnin' under the door

Her faithir inspected it, he didnae look tae happy
A' dinnae 'hink he's evir changed a nappy
He asked if a'd pit any'hin big doon the bog
So a' telt him aboot the size ae ma mornin' log

He phoned a wurkman tae come inspect the plumbin'
A'd realized by then, he'd find the remains ae ma cummin'
The plumber lifted several slabs tae get tae the source ae the
    fault
When he foond it, a' wiz expectin' a brutal assault

But her faithir remained calm, a' hiv tae say
Although he didnae object when a' offired tae pay
So that is hoo a' made ma furst impression
An' added tae her faithir's pent up aggression

56

That wiz ma first time in a muslim country
An' even with the heedscarves the wumin are sultry
But a' dinnae 'hink a' will try tae form a harem
As ma next faithir-in-law micht nae be sae serene

HARD TIMES IN A GUID JOB

A' telt ye aw afore a' dinnae belang here
Ye 'hink a' am a loser cause a' drink a lot ae beer
But a' am special, a've been touched by god
There is mare tae me than jist bein' a lazy sod

Ma natural heart is no' in this chemical site
Aw the people here talk a load ae shite
When they are no' backstabbin', they are fuw ae praise
They will suck anybody's cock, tae get themselves a raise

Local toonsfolk wuid kill fur ma high salary job
Instead, tae mak a livin', many hiv tae steal an' rob
The staff in here dinnae appreciate whit they've got
A' ken a' wuid raithir hae it, than tae hae it not

A' am goin' against ma principles pollutin' the air
But a' need the money, it isnae that a' dinnae care
It is a well-kent fact, wurkin' here shortens yer life
Even in the food the chemical toxins are rife

But the time will come when a'll leave it aw behind
A'll get oot ae here jist by usin' ma mind
When a dae, a' will say a' telt ye so
Ye winnae believe jist hoo high a' will go

In the meantime a'll hae tae pit up wi' arseholes
Bitchin' aboot shit like the roughness ae the toilet rolls
An' the temperature ae the coffee oot the machine
While dain' ma best no' tae try an' cause a scene

A' cuidnae believe it when a joined the adult wurkforce
A' thoucht ma pals in primary school were less coarse
Noo, a' am starin' at forty years, ae dealin' wi' monkey's
It's nae wu'ner many bail oot an' end up as junkie's

They then showed the company hoo high they went
Noo they struggle tae pay even a quarter ae their rent
That's got tae be a wake up caw if evir a' needed yin
That although ma life is shit, a' shuid nevir turn tae heroin

A' may be daft but a' amnae fuckin' absolutely mental
A' hope ye dinnae 'hink a' am bein' tae judgemental
It's jist fur me tae get aw the way tae the moon
The last 'hing a' need tae be dain, is heatin' up a spoon

So anothir fower twelve hoor fuckin' nicht shifts it is
A jist hope ma wife isnae at hame gettin' sprayed wi' jizz
So' a'll keep tryin' tae get oot ae the nevir endin' rat race
An' a hope by then a' dinnae hae wrinkles, aw ower ma aging
    chevy chase

INSTRUCT-HER

A' wiz telt by ma wife
A' had tae teach her hoo tae drive
It chilled me tae the bone
Why cannae she learn tae drive alone?

There's nae point in arguin'
Serves me richt fur marryin'
So noo a' hae tae live ma life
Dain' favours fur ma wife

So a' hauld on tae the grip
An' try tae bite ma lip
Thouchts go through ma head
Like, 'Why did a' get wed?'

A' tell her she's dain' fine
Pray a'll keep this life ae mine
Raise ma voice when she gets tae near
Then tak anothir swig ae beer

A' hiv lost handful's ae ma hair
Sittin' here, tae hoo much a' care
Oor relationship is goin' doon the tubes
Cause a' really cannae handle her boobs

Nae man kin begin tae un'erstand
Until he's sat wi' her furst hand
Although she saved me fae the ditch
Ma fuckin' life is still a bitch

Her fourth test is very soon
A' noo whistle tae the moon
Please god let her pass
Fur a' am runnin' oot ae gas

A' am ready tae meet ma maker
A' hiv become a Quaker
Ma car screams in tortured pain
While she drives me even mare insane

If she fails the test yince more
A' will hae tae walk oot the door
A' will sign masel intae a looney bin
Wi' a demented haunted nervous grin

Fur this cannae go on indefinitely
A'd rathir live a life ae celibacy
Marriage wiz supposed tae calm me doon
Noo a' am jist a nervous buffoon

She said that when she passed
Oor sex life wuid be a blast
That wiz why a' took on this job
As she promised tae deep throat ma knob

A' 'hink noo it wiz aw a ploy
Tae replace me wi' a new toy boy
If he evir sits wi' her behind the wheel
A' jist hope he hiz got ba's ae steel

Cause nu'hin kin prepare him fur
A life ae suckin' up tae her
A' will be happy chasin' burds in the bar
An' a'll no' tell any, that a've got a car

WIFE'S DRIVIN'

See ma wife's drivin'
It's an absolute nichtmare
Nae matter where we go
A' hiv grave doobts aboot oor gettin' there

A' try tae sit in silence
Allowin' her tae tak control
But then she hiz tae go an' spoil it
By findin' every fuckin' pothole

A' dinnae want tae infuriate her
By tellin' her hoo tae drive
A' jist want tae get oot the car
While a' am still alive

At the end ae the road
Or if red traffic lichts are aheed
She begins tae accelerate
So a' tell her she's aff her heed

This only makes 'hings worse
Noo she's angry an' behind the wheel
Aw that kin save me noo
Is guid fortune an' rusty steel

Fur the rest ae the journey a' sit
Wi' sweaty palms an' nervous feet
A' 'hink she gets some secret pleasure
Fae watchin' me squirm in the red hot seat

Her speciality is on the motorway
When drivin' behind, say...a removal van
She waits until a' am calm an' serene
Then get's as close as she fuckin' can

'Please slow doon', a' beg her
'Or at least indicate tae overtake'
A' asked her if she fucked her examiner
A' 'hink we kin aw agree...that wiz a big mistake

Noo she's goin' hell fur leathir
Ye ken, ye get used tae whiplash aftir a while
An' a' guess it wiz mare than a bit ironic
That a' let oot a breakneck smile

We've no' got far tae go noo
A' 'hink a' am goin' tae survive
So until the next time a' need a lift hame fae the pub
A' swear, she's no' goin' tae drive

SHOPPIN' WOES

A'm nae a very guid shopper
Aw it does is mak me moan
Sometimes ma wife drags me alang
But we aye'ways end up shoppin' alone

This time wiz nae different
A'm afraid a've nae got much patience
Let's jist say it will be a while
Afore we again hiv sexual relations

We disagreed aboot her need fur new shoes
So she pissed aff an' left me
She reminded me ae Yoko Ono
A high pitched wailin' banshee

But there is fuck aw a' want tae buy
An' it's no' cause a'm tight
Fur instance, a' used tae buy loads ae records
But noo the music in the charts is shite

A' did end up in a music store
Jist tae get inside fae the cauld
A' wiz like, "Whit's this rap music aw aboot?"
Some kid shouts, "Ha, you're just getting old"

A' said, "Hey look ya little runt
A'm nae as old as ye 'hinks
An' a' ken guid music when a' hear it
An' believe me, that music stinks"

"Well, where did you get your ancient togs?" he said
"Ma faithir passed them doon tae me"
"Was your dad a frigging poof?"
A' said, "Look, ye'd better start tae flee"

The security geezer then arrived
Whae thoucht he wiz big an' strang
He had the cheek tae ask me tae leave
A' said, "Whit the hell hiv a' done wrang?"

"You were threatening the kid with violence"
"Well, he needs tae be taucht wrang fae richt"
"How would you like it if I battered you?"
"Oh Aye? A'll show yoo hoo tae ficht"

"Oh, you think so?" he said
As he grabbed me by ma collar
Then he knee'd me in ma ba's
An' a' began tae wail an' holler

Then the great big massive lug
Threw me oot ontae the street
A' said, "'Hink yersel' lucky pal
That ma wife's got me eatin' vegan meat"

That's the last time a'll go shoppin'
Ma suit wiz nearly binned
A' lost ma wallet in the scrum
An' bathe ma knees were skinned

Whit is it with kids ae today?
They're aw on drugs, that's whit it is

It wiz different when a' wiz a lad
We cuid handle oor acid, E's an' whizz

A' 'hink the parents are tae blame
Fur no' bringin' them up properly
They shuid be polite an' civilized
Even if they're aff their trolley

If there's yin 'hing a've learned
Ye dinnae need drugs tae enjoy yerself
Like, see aftir a' foond an' then booted that kids arse
A' wiz in a superb state ae mental health

That wiz soon tae end though
When a' met back up wi' the wife
Ootae spite she had racked up ma credit card
Which a'll noo be payin' back fur life

XMAS SPOTS

Every year at xmas a' come oot in a rash ae zits
Wun'er'in' hoo much ma wife is spendin' on her shoppin'
  blitz
A' refuse tae play the game, a' dinnae believe in aw that pish
Xmas tae me is jist a guid excuse, tae drink like a thirsty fish

Ma wife says that's the reason ma face goes red an' blotchy
So a' tell her tae shut her mooth an' stop makin' uz feel guilty
So she takes her anger oot by goin' mental wi' the visa
An' that's why every year at xmas ma face looks like a pizza

Last year wiz really bad, a' got yin on the end ae ma nose
Turnin' up fur family dinner wiz sure tae bring me woes
"Hey, here comes Rudolf," a' heard them say, "Rudolf, where's
  your sleigh?"
"Very fuckin' funny, kin ye no' 'hink ae yer aen cliché?"

Sittin' through dinner wiz sheer hell, nae yin cuid look at uz
Wi'oot killin' themselves laughin' an' pointin' at ma pus
So a' went oot an' boucht the cheapest spot lotion a' cuid find
It wiz jist aftir xmas, so savin' money wiz on ma mind

Little did a' ken, ma skin doesnae like toxic waste
It caused a nuclear eruption, aw ower ma fuckin' face
It wiz like some kind ae alien had sprung tae life in there
It wiz like that alien fae that film, but even worse, a' swear

Then some baby yins, started rallyin' aroond
That's the last time a' buy lotion that's three fur a poond

A' tried stickin' a drawin' pin intae the daddy ae the bunch
But that jist made it angry, it used ma face fur lunch

When ma wife saw me, she said that a' had tae face ma karma
An' that a' shuid stop belittlin' everyhin' tae dae wi' 'big
   pharma'
A' said, "Exactly, shovin' the tube up ma arse wuid ae been
   mare effective
Cause noo a look ten times worse, than the fuckin' 'Singing
   Detective'"

She didnae ken whit a' wiz on aboot but a'll tell ye this
When yer face looks like a pizza, it's nae much fun goin' oot
on the piss
So a'll need tae find a way tae enjoy masel in the hoose cause
a'm also poor
So this year a' got her a Mrs Claus ootfit so she kin act like
ma whoore

PUB FITBA

A' woke up that mornin' wi' a nervous beatin' heart
In thirty minutes time ma fitba game wiz due tae start
A voice inside ma heed said, stay in bed an' finish ma dream
But a' wiz vital cog in the 'Bravehearts Eleven' pub team

So a' jist ignored ma fleetin' intuition
A'm no' yin tae believe in auld wives superstition
A' had tae focus ma mind on the job in hand
Cause the nicht afore, a' had mare tae drink than a tourin'
    rock band

As it wiz ma turn tae provide the liquid refreshment
A' had tae use the money ma wife had pit aside fur rent
Pittin' up wi' ma antics isnae exactly her idea ae marital bliss
She says a' married her jist tae hae somewhere warm tae
    deposit ma jizz

A couple ae beers afore the game helps the lads tae straighten
    oot
So when a' arrived ma teammates made a beeline fur ma car
    boot
There wiz a bit ae a team talk but a' dinnae pay attention tae
    that
Pub fitba tae me jist comes doon tae man tae man mortal
    combat

Lookin' at oor opponents, they looked like a bunch ae thugs
A' recognised a few ae them, fae them dealin' me drugs

A' prayed that if we won they wuidnae cut aff ma supply
Cause a' am no' able tae fuck ma wife unless a'm extremely
high

The game kicked aff an' it descended intae Scottish fitba at it's
best
A bunch ae psychos hatchin' each othir, claimin' they're dain'
it fur the crest
A' dinnae ken why a' turn up every week expectin' the
elegant game
Normally a'm jist happy if a' last the ninety minutes wi'oot
goin' lame

Well this time a' wiz playin' sae well if it were a comedy gig,
a' wuid be stormin'
When a wanker fae the othir side tried tae stop me fae
performin'
Cause a'd nutmeged him twice his tackle had lots ae scorn
A' kent that very fuckin' instant that su'hin doon there wiz
torn

"Ya fuckin' dirty bastard", a' wiz heard tae yell
In a blink ae an eye a' watched ma ankle swell
A' had tae ficht back the wellin' ae ma tears
So tae help a' drank fower mare luke warm bargain beers

A' arrived in hospital tae be telt a' had tae wait
Afore a' cuid learn the fuw extension ae ma fate
The doctor said, "Bad news I'm afraid, you will be off work a
while"
He didnae ken that a'd still get paid, so a' had tae repress ma
smile

Even better, the doctor said a' had tae avoid aw strife
So a' had tae be waited on hand an' foot, by ma lovin' wife
But the 'hing that puzzles me even still tae this day
Is whit if that little voice had got its fleetin' way?

Wuid a' hae learned whit a' gained fae aw ae this?
That ye kin live the life ae a king, if ye tak the total piss
Cause a' made that pare woman carry me up an' doon the
    stair
A' even made her tak me tae the shoo'er, tae scrub ma pubic
    hair

So these old wives fairy tales surely noo must be pit in the
    past
Dinnae follow yer intuition, bein' a cripple is a blast
But a' suppose a' cuid be wrang, maybe a' shuid hae finished
    that dream
An' then maybe in Nigeria, they wuidnae hae heard me
    scream

HOP-A-LANG TIME

Hiv ye evir done su'hin sae incredibly mind numbingly stupid
That ye end up really, really, really hatin' yersel?
A' dinnae mean 'hings like gettin' married…or haein' kids
A' mean su'hin specific, that made ye wish ye were in hell

A' recently damaged ma ankle ligaments playin' fitba
Aftir jumpin' up fur a heeder an' landin' on a wobbily foot
A' didnae hate masel fur that, it wiz jist an accident
Hooevir, it wiznae lang until ma 'hale wurld went caput

A' wiz due tae go on a double stag weekend tae Amsterdam
Aboot fower weeks later, wi' the boys, which a' cuidnae defer
Technically when ye are aff an' collectin' sick pay fae the
    wurk
Goin' on the piss up tae foreign countries they kind ae
    officially deter

A' cuid jist aboot walk fae ma livin' room tae ma kitchen
When the bus came tae pick me up, a' done su'hin insane
A' decided tae leave ma crutches in the hoose wi' ma wife
Obviously a' wiznae in naewhere near enough pain

A' didnae 'hink a'd be dain' that much walkin' in the Dam
As a' planned on bein' rooted tae the spot in some coffeeshop
A' neglected tae consider that a' still needed tae walk tae get
    there
An' that that wuid be majorly difficult wi'oot a sufficient
    prop

See by the time a'd walked fae the mini-bus tae the airport
    terminal
A' really, really fuckin' hated masel tae the ultimate degree
At that point a' shuid hae realized that a'd made a terrible
    mistake
An' went back hame faster than a car at the Grand Prix

But oh no, a' thoucht a'd triumph in the face ae adversity
Bollocks, a' spent the next three days wishin' the groond
    wuid swallae me
Every step wiz like a dagger gettin' shoved through ma ankle
A' wuid ae preferred a three day lang constant whitey

A' cuidnae even walk doon the side alleys in the red licht
    district
Fur a guid squawk at the ladies ae the nicht, temptin' ye fur
    fun
Instead a' jist sat by the canal askin' aw the passers by
If they kent where a' cuid find…a loaded fuckin' gun

Whit made it worse, if it cuid indeed get any worse
Wiz the fact that a'd only brought loud psychedelic clothes
A' wiz hobblin' aroond in a rainbow shirt an' pyjama like
    troosers
The only way tae bring mare attention wuid be if ma willy a'
    did expose

Ma inner dialogue wiz like, 'Yer a fuckin' moron! An
    absolute tit
Why the fuck didnae ye bring yer crutches…an' some plain
    attire?'
Ae course, the dope didnae help ma mental state much
Talk aboot oot ae the fryin' pan intae the paranoid fire

Ye ken those really dodgy Dam guys whae offir ye hard
    drugs?
Like whizz, charlie an' doves, tae mak sure ye arenae stressed
Well, they were comin' up tae me an' offirin' me a
    'piggyback'
Three free hits ae their ecstasy only broucht me up tae mildly
    depressed

Yin ae ma freends felt so sorry fur me he gave me a special
    treat
He got a hot tabletop dancer tae pour me a very special
    tequila
She poured the salt aw ower her 'Sam Fox' like enormous
    breasts
An' the lemon went between the lips ae this incredibly sexy
    Sheila

A' dooned the shot quicker than a man whae had jist seen an
    oasis
She beckoned me doon tae lick the salt an' a' didnae leave a
    grain
Well a' did leave yin or twa dotted aroond her supple pillows
But that wiz only so a' cuid go back ower them aw again

Then a' sucked that lemon dry as she held it in her lips
A' didnae want that sad magical moment tae evir stop
See fur the next fifteen minutes a' forgot aw aboot ma ankle
As a' done a highland fling masel, on the Teasers tabletop

See by the time a' got hame, ma ankle resembled a
    watermelon
If a' evir find masel in a similar situation, a' wuid defo tak the
    sticks

74

Cause noo a' walk wi' a limp an' although the therapy is goin'
well
The doctors tell me it's ma brain, that they'll never be able
tae fix

THE DAMN DOONFA'

A' needed a break fae ma' wife
Jist yin or twa nag free days
So me an' the boys went tae Amsterdam
Fur yin ae oor stress relievin' get-aways

'Hings didnae go quite tae plan
The trip had a bitter end
A' wished a'd stayed at hame
Instead, a' went roond the bend

Ma doonfa' started innocently enough
A couple ae beers in the airport bar
A few mare while on the plane
A' wiz well jaked when we hit the tar

A' wiz surprised a' got through security
As a' had trouble walkin' straight
It wiz like a'd played the 'mak yersel dizzy' game
Fortunately a' wiz guided ma mate

First 'hings first when in the 'dam
Visit the first dope-hoose ye see
It doesnae matter whit brand ye smoke
Ye'll soon be floatin' like a bee

A' only need aboot twa hits ae that shit
Tae be as stoned as a smelly fart
A' had ma man's man reputation tae uphauld
But a 'big girl's blouse' wiz playin' the part

A' wiznae dain' tae bad though
Compared tae some ae the rest
A' thoucht a' wiz goin' tae pass
This unnecessary suicidal test

Then the strangest 'hing happened
Totally oot ae the London zoo
Aftir several mare beers an' coontless joints
A' felt like a' wiz goin' tae spew

A' got up fae ma extremely comfy seat
Calmly said, "A'll be back in five"
Took twa steps towards the door
Jist hopin' a'd get oot ae there alive

Then it wiz like someone flipped a switch
Everythin' jist went blurry
Aw a' saw wiz a big flash ae light
Afore a' hit the groond in a hurry

As a' came back aroond
Ma spew signalled its intent
So a' shut ma lips an' held ma nose
While it looked fur an orifice tae vent

It hurtled intae ma locked mooth
At aboot a zillion miles an hoor
Filled ma cheeks tae breakin' point
An' tasted mare than a little soor

A' had watched a documentary
Aboot Dutch people nae bein' impressed

Wi' hoo British stag an' hen parties
Go ower there an' become possessed

So wi' that in the back ae ma mind
A' held it in, an' tried no' tae scream
A' didnae want tae mak Scotland look worse
Than oor national fitba team

A' managed tae swallae it back doon
A' wiz tryin' no' tae embarrass masel furthir
But it rose up again like a badly burned phoenix
An' aw a' cuid dae wiz cry fur ma mothir

The barman came up tae ma mates
Whae were aw pissin' themselves laughin'
Nae sympathy is the first rule ae the 'dam
Ye're jist thankful ye're nae barfin'

"Has he been drinking and smoking?"
A' heard the barman shout
"Aye, he has that," said Big Andy
"Oh, that's alright then, it's only a blackout"

It wiz only a blackoot!!! Only a blackoot!!!
A' wiz in serious trouble
A'd also banged ma heed aff a table
An' wiz noo sportin' a pulsin' nubble

A' hiv had some blackoots in ma time
But that yin took the custard biscuit
A' tried tae pit on a semi-brave face
As a sprayed masel wi' ma vomit

Somehoo a' got back tae the hotel
Where a' spewed ma ring fur hoors
A've nae idea hoo a' got there
A' must hae used some hidden psychic poo'ers

There is su'hin aboot a bathroom flaer
When ye are in a severely fucked up condition
That makes talkin' tae god sae much easier
As ye beg him tae send ye tae a mortician

A' woke up wi' a mingin' hangower
Ma mates offired uz a toke ae weed
"Fuck aff an' leave uz alane," a' said
"A' kin hardly move ma heed"

They said they kent the answer
Aftir breakfast a'd be richt as rain
Yin black puddin' an' egg doubler later
An' a' wiz sick aw ower again

A' crawled ma way back tae ma scratcher
Tae get some peace an' quiet
When a' met wi' them later that nicht
A' telt them that a' wiz noo on a booze free diet

But they didnae even ken whae a' wiz
Apparently they were on the guid shit
A' asked them whit their plans were
But aw they cuid say wiz, "Aye, mental innit?"

Mind ye, a' wuid probably ae been the same
Aftir twelve hoors drinkin' an' smokin'

A' wuidnae ae been able tae speak at aw
Cause on ma vomit, a'd be chokin'

Their conversation wiznae the best
So a' wandered the toon in guid health
A' went intae yin ae they wank shops
Somehoo a' aye'ways manage tae abuse masel

Ye pit a euro intae the slot
An' 'boom', ye get five minutes ae porn
They even provide the toilet paper an' bucket
A' came oot when it wiz morn

When a' got back tae the cheap hotel
By then, a' did feel as richt as rain
But ma mates snorin' wiz sae bad
A' had tae sleep on the bathroom flaer again

That trip sent me ower the edge
The wife's naggin' is noo music tae ma ears
An' a' nevir noo get the urge
Tae mix coontless joints, wi' endless beers

So a've noo started dain' daily DIY
A' cook an' clean on ma wife's demand
Thanks tae that trip tae Amsterdam
A've had aboot aw the pointless fun a' kin stand...

Or no'....as wiz the case in the fuckin' dam!

SEXY DANCER

Aftir twa trips wi' ma mates, a' did tak ma wife tae
    Amsterdam eventually
If only tae see sites apart fae strip bars an' endless coffeeshops
A' didnae tak her tae Teasers tae see the burd whae's tits a'
    sucked
In case they charge me fur the damage a' done while dancin'
    on their tabletops

Hooevir, a' still managed tae get masel intae a pile ae trouble
A' suggested we go tae Casa Rosa, the toon's poshest sex
    show
Aftir no' been gettin' on tae well in the bed department
    recently
A' hoped the action may at least tempt her, intae gein' me a
    blow

Aftir gettin' inside the theatre-like venue, twa bodies started
    goin' at it
It is no' very erotic, a' 'hink they were jist dain' in fur the
    money
Little did a' ken, aboot fifteen minutes later a' wuid be
    performin'
A'm tellin' ye, hoo these 'hings happen tae me, isnae even
    funny

Fur aftir the shaggers left, a stripper started dain' her 'hing
She asked fur three volunteers fae the audience tae join her
    on stage
A' cuidnae believe it as a' watched ma richt arm rise up
An' neithir cuid ma wife as she started goin' intae a rage

A' said a' felt sorry fur the stripper as nae yin else wiz
    volunteerin'
It wiz mare than likely that they were aw jist tae stoned tae
    move
She managed tae get twa othir guys tae join me fur the show
An' then she played some funky music an' telt uz tae start tae
    groove

A' made the maest ae ma opportunity performin' tae a large
    crood
Fur when a' dae ma Edinburgh Festival shows ma audience is
    bare
Jist like the stripper soon wuid be as she stripped aff while we
    were dancin'
She chose me fur the grand finale as ma moves had the maest
    flare

The othir twa lads got the auld heave-ho, noo' it wiz jist me
    an' her
She took out a banana fae somewhere, a' amnae exactly sure
    where
Then layin' doon, pit it in her vagina then puwed the foreskin
    back
A' wiznae really hungry but she beckoned me doon tae eat
    there

Whit cuid a' dae in front ae fower hun'er strangers an' ma
    wife?
So evir the showman, a' stuck ma heed doon an' started
    munchin'
She grabbed ma heed wi' her thighs an' started movin' it
    aroond

82

Oot ae the corner ae ma eye, a' cuid see ma wife practisin'
    her punchin'

Aftir the deed wiz done we bathe took a bow tae a raptourous
    reception
She wiz delighted, a' 'hink a' saved her neck, although mine
    wiz noo in danger
She said, 'Perfect, perfect' tae me, an' a' wiz absolutely
    delighted
As nae woman hiz telt me that afore, far less a very loose sex
    wurker stranger

Ma wife wiznae talkin' tae me when a' got back tae ma seat
A' tried tae explain a' didnae touch her genitals, a' only ate
    banana
But she didnae buy it, an' made the rest ae the trip a dour
    affair
The only way a' cuid get ma hole again ,wiz by takin' her tae
    Havana

BURST PIPES

We were fast approachin'
Anothir Scottish winter
If ye wanted tae go ootside
Ye had tae become a sprinter

So a' said, "Bugger this
Let's treat oorselves this year"
So a' went an' booked a holiday
Fur me an' ma precious dear

The day afore we went
Ma mothir gave uz a call
"Enjoy yourself," she said
"But don't get into any brawl

Remember your last holiday
When you got a bad reaction
To spilling someone's beer
And you ended up in traction"

"Oh aye, thanks fur remindin' me maw
But that wiznae the cause ae that
It wiz cause a' telt him
That a' thoucht his burd wiz fat"

She also said tae me,
"Remember at all cost
To turn your water off
Cause we're expecting frost"

But a' a'm tired ae gettin' lectured
Every time she caws
So a' had stopped listenin'
An' wiz playin' wi' ma ba's

A' wish a'd paid mare attention
Tae her soond advice
Cause by no' takin' precautions
A' paid the ultimate price

Fur on returnin' fae oor holiday
We were totally shocked
The ceilin' had a hole in it
An' the flaer squeaked whirevir ye walked

"Aaaarrgghhh, a' forgot tae renew the insurance"
Wiz the first 'hing that a' said
Ma wife gave me a lang hard look
That implied a' wuid soon be dead

"You had better be joking"
She said wi' nae hint ae a smile
"Or else you' d better get your trainers on
And run a country mile"

"Aye, aye, ae course a' am jokin' sweetheart
Ye dinnae worry aboot a 'hing
Jist ye stay wi' yer ma this week
While a' try tae get rid ae the ming"

A' then went an' rummaged
Through ma neighboors bin

A' had tae somehoo raise the cash
Tae get the builders in

A' went roond the 'hale estate
But the bin men had come that day
Isn't that bloody typical?
Nu'hin' goes ma way

The next day a' pit aw oor savings
On a lang shot runnin' at three o' clock
Got doon on ma knees an' prayed
Jist yince fur a pleasant shock

A' dinnae ken why a' bothired
God doesnae even ken a' exist
Or if he does, whit hiv a' done
Tae mak him sae bloody pissed?

There wiz only yin solution left
It wiz the yin a' wiz dreadin'
It wiz doon tae the docks
Tae get ma arse cheeks a-spreadin'

A' want ye aw tae ken
A' got no' yin second ae pleasure
Fae the reamin's a' took
Tae get the required treasure

At least ma wife nevir foond oot
Whit an arsehole a'd been
When in an emergency, a'd used the renewal form
Tae wipe ma bum clean

DEL BOY DA'

Ma da' is a bit ae a 'Del Boy'
He used tae be a punk
But noo he subverts the system
By sellin' lots ae junk

He manages tae mak a livin'
By hangin' aroond the dump
His profit margin is sae large
He 'hinks he's Donald Trump

Mind ye, a' am usually the sucker
That buys his second hand wares
A' hiv boucht everythin' fae him
On the basis ae, "He who dares…"

It's time a' got ma arse in gear
An' learned tae go tae the shop
Cause everythin' a buy fae him
Turns oot tae be a flip flop

Fur instance, a' wiz aftir a camcorder
Tae tak on holiday wi' ma wife
He said, "Do not fret Billy son
I have got here the bargain of your life

Two hundred pound is a steal
Fur this up-to-date Panasonic
And if you want tae improve your sex life
This portable screen is just the tonic"

Ma faithir hiz a way wi' wurds
That a' jist cannae shun
Even though the accessories
Weighed a bloody tonne

So a' took aw the kit on holiday
It wiz heavier than ma case
Ma wife wiz gie'in' me serious grief
Sayin' a' wiz a friggin' disgrace

A' humped that kit fae piller tae post
It wiznae bringin' me much pleasure
A' wiz supposed tae be on holiday
This wisznae fuckin' leisure

But a' taped some awesome scenery
In some fairly decent weathir
Ma wife even admitted the bedroom scenes
Had brought uz closer taegethir

When we got back hame
A' sat doon tae watch it wi' a beer
But aw that appeared wiz ma dad
On holiday in bloody Tangier

A' left it runnin' fur forty minutes
But the tape wiz aw the same
Ma da' then says, "This things goosed
I am going to sell it when I get hame"

The bastard had stitched me up again
This time guid an' proper

Twa hun'er poond up the swanny
It wiznae worth a copper

A' wiz on the blower straight awa'
But ma dad doesnae dae guarantees
A' said, "But it wiz broke when a boucht it"
He said he strongly disagreed

"But a've got ye on yer aen tape
Sayin' ye were goin' tae sell it when ye got hame"
But ma da' is like every politician
He hiz nae sense ae guilt or shame

He said it doesnae matter whit he'd said
The 'hing wiz wurkin' fine
If he'd managed tae record himsel'
Then surely the problem wiz mine

A' suppose he had a point
A' had tae gie him that
Maybe a' didnae push the richt button
A've got a history ae being a twat

A' didnae hae the heart
Tae try the 'hing oot again
A' threw the lot in the bin
It had caused me tae much pain

Six months doon the road
Su'hin happened that wiz quite ironic
A' needed a camcorder fur ma holiday…an' guess whit?
Aye, that's richt, ma da' sold me that fuckin' same Panasonic

PORN ADDICT

A' didnae want tae get left behind
Somewhere, a' dinnae ken where
So a' spent a bloody fortune
On a high tech personal computer

But evir since a' boucht it
A' cannae seem tae find the time
Tae dae any'hin' but search fur porn
Tell me, is that a crime?

A' sometimes wish it were
Cause a' cannae puw masel away
A' sit there cock in hand
Fur at least ten hoors a day

The quality is spectacular
A've got high grade resolution
The only problem is
A'm heedin' fur an institution

Fur when a' click upon a link
That says, 'Horny anal sex
A' flip ma lid when a'm taken tae
Anothir page wi' nu'hin' but text

Aw a' want tae see is a woman
Wi' a penis up her bum
Or at the very least, a man
Bendin' ower fur his chum

No' that a'm gay, ye un'erstan'
A' jist want a computer that doesnae lie

A' dinnae need a wild goose chase
Everytime a' need tae let the semen fly

But when a' dae eventually find a site
That isnae extremely lame
A' then wank masel intae a frenzy
Until ma wife comes hame

Fur a' dinnae want her tae catch me at it
In case she expects some attention
Nu'hin' is goin' tae come between me
An' the wurlds greatest porn invention

Sure, sure, she cooks ma dinner
An' tidies up aroond the hoose
But she cannae bring me pleasure
Like ma domesticated moose

Cause sex wi' the ba' an' chain
Nae langer turns me on
An' it's no' cause since we got married
She's gained eleven stone

An' it's no' cause she doesnae shave
Her hairy armpits or her beard
It's cause ma willy winnae get hard
Unless it's watchin' su'hin' weird

So a' noo spend half oor income
On giant pack toilet paper alone
An' obviously a' use maest ae it
When a'm on the wankin' throne

A've even had tae remove the basket
That usually absorbs the results ae ma sin

An' a've had tae replace it
Wi' a fuckin' wheelie bin

A' dae get slightly embarrassed
When the dustmen come tae pick it up
An' a huge mass ae rock-hard pink bog roll
Slides oot intae the gapin' truck

The neighboors are astoonded
They dinnae ken where tae look
By the way they look at me
Ye'd 'hink a' wiz a pervert crook

Maybe they've got a point
As a'm beginnin' tae really worry
Where will this perversion lead?
An' believe me, it's goin' there in a fuckin' hurry

Maybe ye will come tae see me
In aboot six tae eight months time
But a'll be in the dock gettin' sentenced
Fur a 'Gary Glitter' crime

No' fur the molestin' ae pre-pubescents
That is jist beyond malign
A' mean fur lookin' at child porn
Come on, there is a line

"It wiznae ma fault yer honour"
A' wuid plead as a'm led away
"A' had ran oot ae decent options
Cause a' wank ten hoors a day

Ok, ok, a' will go quietly
As lang as ye promise me yin 'hing
That a' kin still get access
Tae the adult porno ring"

A' often wun'er whit ma granny
Watchin' fae heaven wuid 'hink
Aftir watchin' me masturbate
Ma 'hale life doon the sink

'Well was it worth it little one?'
A' kin almost hear her say
An' a'd reply, 'Sure it wiz grandma,
A' kin noo wank in peace, twenty fower hoors a day'

An' a' wuidnae hae tae worry
Aboot pleasin' any wumin's need
A'd also be daein' ma wife a favour
By discardin' ma every fertile seed

Cause the last 'hing she needs
Is her child cawin' me their paw
A' hiv got enough tae deal wi'
Jist keepin' me oot the arms ae the law

A' wuidnae be able tae stop masel
Fae installin' ma every bad habit
The kid wuid be a waster by the time it wiz five
An' ma wife wuid be at least doubly crabbit

So a' am tryin' desperately tae turn ower a new leaf
A' hiv started learnin' aboot su'hin cawed, 'nae fap'
But wi' unlimited access tae unbridled porn
Hoo kin a' be expected, tae ignore ma little chap?

A'M A FAITHIR !!!

Ma wife telt me she wiz pregnant
An' that a' wiz the dad
A' said, "Yer fuckin' jokin'?"
An' then fainted pretty bad

Aboot three hoors later
Aftir a' had recovered fae the shock
A' said, "Hoo the hell did that happen?
A' aye'ways wear a sock"

She said, "Remember xmas eve
When you had too much to drink
And said, 'Ok, let's mak that fuckin' baby'
Before you stop to think

Well, it looks like god was listening
And he granted you your wish
Now you had better get a job
And stop drinking like a fish"

"G,g,g,get a job? A job, ye say?
That's scarier than a baby
A'd rathir cut ma knob aff
Than gie up social security"

"Don't you want the best for you child?"
"No' if it involves me goin' tae wurk"
She gave me a look that said it aw
The next day a' wiz wurkin' as a clerk

It only lasted yin day though
Noo a' am back on the dole
A' dinnae care hoo much they pay me
A' refuse tae sell ma soul

Ma wife is noo threatenin' tae leave me
An' tak oor new born child
Money doesnae buy ye happiness
But it stops yer wife goin' wild

So a' need tae quickly find a way
Tae mak a very easy buck
Aw cause ae that 'Mrs Claus' outfit
An' a drunken horny fuck

VALENTINE'S DAY

It is Valentines Day the 'morrae
We are aw suppossed tae show oor love
Tae the special yin in oor life
The yin whae wiz sent doon fae above

But a' am afraid a' hiv ootgrown
These childish customs we aw share
So a' willnae be buyin' any floo'ers or chocolates
Or even compliment ma wife's hair

A' winnae tell her that a' luv her
Fur a' am no' even sure a' do
Aftir twelve years ae marriage
A' hae tae force masel tae screw

If truth be told a' really want
Tae go an' shag a sexy whore
Cause makin' luv wi' the missus
Hiz turned intae an obligitory chore

A' want tae spread ma seed,
Intae wumin, young an' old
God, jist tae find yin fresh pussy
Wuid be like strikin' gold

A' wuid then come hame tae ma wife
An' tell her aw aboot it
Hoo ma cum ran doon a granny's face
A' wuidnae mention the freaky shit

Hopefully ma wife wuid then be inspired
Tae compete wi' the hag
Cause a've forgotten whit it feels like
Tae hae a carefree shag

Fur back in the auld days
A' cuidnae wait tae get ma willy in
A' guess that's why a' thoucht
She wiz the chosen yin

But noo she hiz this way ae deflatin'
Ma yince fortnichtly erection
So a' noo tak care ae it masel
While a' starve her ae affection

Fur when a' am haein' sex
A' dinnae want tae hear aboot oor boy
So noo when she wants a cuddle
A' jist hand her, her cuntin' toy

A' am convinced if she'd agree
Tae let me shag othir burds
That oor sex life wuid improve
Immeasurably beyond wurds

A' wuid get ma appetite back
Aftir actually enjoyin' the sexual act
An' that wuid mak me appreciate her mare
Although she strongly doobts this fact

The only 'hing that wuid worry me
Wuid be, if she demanded the same
An' started seein' sae many guys
She'd as well be on the game

Cause her chances ae puwin'
Are licht years aheed ae mine
So maybe a' shuid cut ma losses
An' tak ma wife oot fur a wine an' dine

Maybe that wuid pit the romance
Back intae oor relationship
An' if we want tae ignite bedroom passion
We kin pit the lichts oot when we strip

We cuid bathe try tae keep oor gubs shut
So we dinnae further estrange
An' aw those auld pent up resentments
Cuid be released, in a fluid exchange

Fur the grass isnae aye'ways greener
On the othir side ae the fence
Cause gettin' divorced fae that bitch
Wuid be a hell ae a fuckin' expense

So a' guess a'll hae tae remain married
Tae ma trophyless consolation wife
An' a'll jist fantasise that a'm a mormon
As a've heard variety is the spice ae life

A' certainly wuidnae go the 'hale hog
An' collect real, flesh an' blood wives
Fur that wuid be sure tae bring me oot
In a permanent rash ae hives

Cause it's hard enough tae deal
Wi' yin wife beggin' fur a lay
Afore a' drink tae many beers an' ruin
Yince again, her fuckin' 'happy valentine's day'

A' DINNAE MINCE MA WURDS

A' wiz recently telt that
A' wiz tae be made redundant
They said it wiz cause
Ae cutbacks in ma department

A' 'hink it wiz cause
A' telt the boss he wiz a donkey
An' that's why aw
His half assed plans go wonky

A'm nae yin tae mince ma wurds
A' speak ma mind, a'm afraid
A've aye'ways got the guts
Tae caw a black man a spade

A' must admit though
It gets uz intae loads ae trouble
Fur that particular mishap
A' spent fower months in hospital

Ma wife says a' shuid
Learn tae bite ma tongue
But a've aye'ways been the same
Evir since a' wiz young

A' get worse aftir a've been drinkin'
A' lose aw fear
That's why ma teeth
Are shaped like a smashed cars rear

Ye wuid 'hink gettin' aulder
A' shuid be wisin' up
But a' seem tae attract mare trouble
Than the 'Scottish Cup'

The redundancy money
Wuid hae got uz oot ae debt
But as a corporate revenge
A' telt the company's secrets on the net

Noo a' amnae even entitled
Tae ma hefty leavin' payment
Ma ex-boss doesnae gie a fuck hoo
A' will pay ma bastard rent

Ma wife is threatenin' tae leave uz
Jist cause a' lost ma well paid job
A' wish she an' a' bathe wuid learn
Hoo tae shut oor bloody gob

There must be a career path oot there
That a' cuid find an' follae
Yin where ye dinnae hae
Tae pretend tae act sae false an' jolly

Where ye kin talk straight
Tae yer so cawed 'superior'
Wi' oot them treatin' ye like
Yer a brain dead inferior

Cause that is jist whit
The companies programmin' hiz done
It hiz made the arselickers
Feel like they hiv morally won

A' wu'ner if their partners
Still fuck them on a regular basis
Despite the fact they've got
Shit aw ower their faces

A' cannae play the 'climb the ladder' game
Jist tae get aheed ae the pack
Although a' wuidnae object
If they took ma sorry ass back

Cause ma wife's affections
Hiv went fae luke warm tae stane cauld
At this rate a'll be lucky
Tae even see her tits again afore a'm auld

Maybe a' shuid create
A new profession oot ae thin air
A' cuid be a 'wurkin' mans' advisor
Tae pontificators like Tony Blair

Tellin' them straight whit the man
On the street is 'hinkin'
But they probably dinnae gie a shit
We 'hink they're aw stinkin'

This political correctness
Hiz got a lot tae answer fur
Jist tellin' yer boss he's a fuckin' imbecile
Is noo seen as a major slur

Tell me, whitevir happened
Tae the honest exchange ae relevant facts
Like hoo it's unlawful tae use the legal name
Or even pay income tax

Come tae 'hink ae it that's probably
Exactly why a' got the sack
They fur sure dinnae want
The rest ae their sheep turnin' black

A' wiz like a real contagious virus
Infectin' their well oiled machine
Nae way cuid a' be let loose
In their barely adequate canteen

Cause if we aw grasped the truth
That usin' the legal name is fraud
That wuid bring an end
Tae their paper money god

This scarcity system wuid collapse
Afore oor very grateful eyes
An' we wuidnae hae tae pit up wi'
Any mare luciferic pork pies

We cuid come taegethir
An' form lovin' human communities
Based on sharin' an' carin' fur each othir
An' creatin' ample opportunities

Oor consciousness wuid expand
Far beyond this patriarchal matrix
Wummin wuid stop bein' offered dosh
Tae play the role ae the dominatrix

Peace an' joy wuid come
Fae lettin' oor demons be laid tae rest
By walkin' awa' fae oor ownership
We will hae passed the test

Ye may say a'm jist a dreamer
Whae lives in an imaginary reality
If ye werenae sae brainwashed ye wuid see
That is exactly the basis ae legality

It turns oot that the boss did me a favour
By tearin' up ma contract
Noo a' am free tae turn ma mind
Tae whitevir a' wish tae attract

So if ma wife doesnae start
Tae soon play baw an' get her tits oot
A' will focus ma mind on attractin'
Some burd that's young an' cute

Sure that winnae pay the bills
An' ma wife's lawyer will raise hell
But when ye dinnae use a legal name
That mare than breaks their spell

A'll be in the hands ae the creator
An' tagethir we will wurk some magic
If we dinnae, then this 'hale story
Will a'm sure, turn oot quite tragic

ASTROLOGY CLONES

Every day a' read ma daily stars
Tae find oot whit life will bring
Fur instance, every day Russell Grant
Says a' will hae an extra marital fling

A' hope he is richt yin day soon
Cause ma sex life is pretty borin'
Nu'hin turns ma passion aff quicker
Than listenin' tae ma wife's snorin'

Johnathan Cainer on the othir hand
Offirs profoond wurds ae wisdom
He says a' shuid be glad tae be alive
An' be thankful a' hae ma freedom

But in his five-pointed star member's section
He strikes a very illuminatin' pose
Ae him pointin' tae his temple
The only 'hing missing is a rose

Annabel Burton is a nice lady
She is very doon tae earth
But as her predictions are only twa lines lang
She is comin' up short on girth

Still, every week she makes a video
Each time fae a different location
So in case the forecasts dinnae resonate
At least ye see possibilities fur yer next vacation

Which brings me tae Susan Miller
The lady behind Astrology Zone

Tae come up wi' her monthly prediction
She must wurk her arms tae the bone

There is sae much detail in the forecast
That a' am forced tae nap halfway through
The last time a' done that much readin'
Wiz when a' read, 'Winnie The Pooh'

Frank Pilkington is very well kent
Tae the readers ae the Scottish Sunday Mail
Every week his predictions
Snap the heed richt aff the nail

It is a pity aboot his daily mumblin's
A' dinnae pit tae much faith in them
Mind ye, a' read astrology forecasts religiously
So whae am a' tae judge an' condemn

Steve Judd is yer 'hinkin' man's astrologer
His advice is indeed state ae the art
When he breaks wind, it's cawed flatulence
Instead ae jist an open-moothed fart

Rob Brenzey is intae spreadin' pronoia
Ye get tae feel pretty guid wi' him
The only problem is wi' the price ae his audios
Ye wuid be cheaper joinin' a gym

Rick an' Jeff fae Tarot dot com
Hae a pretty comprehensive site
A' dinnae ken hoo much they mak fae it
But a' am sure, they're no' beggin' at night

That jist aboot covers ma astrologers
Apart fae the yin a' pit aw ma faith in
If a' had tae mak a bet on whae wiz aye'ways richt
There is yin a' wuid pit ma money on tae win

She hiz had her critics ower the years
But a' will say this aboot Septic Peg
She is a damn site mare accurate
Than the various othir clones ae Mystic Meg

MOROSE

Nearly every nicht a' visit
Ma local run doon boozer
In a bid tae convince masel
That a' am nae a loser

In there a' like tae ponder
Aboot this life a' lead
A' ask masel, whit guid am a' dain?
An' when a' last done a guid deed?

It's sae easy tae be cynical
In this wurld ae oors
But a'd like tae better me
While a' while awa' the hoors

A'd like tae get up wi' a purpose
Tae gie ma life some meanin'
A' cuid pit the wurld tae richts
While ma wife is dain' the cleanin'

Cause richt noo we arenae gettin' on
We're aye'ways fussin' an' fichtin'
A'd like tae improve oor relationship
But that wuid mean actually tryin'

Will a' change ma bad auld ways?
A' seriously somehoo doobt it
A've been this way fur sae lang
It's become a self fulfillin' habit

A' ken a'll get up the 'morrae
Wi' a sare heed an' a basin ae spew
The mirror will gie me a fricht
Cause a'll look like su'hin' oot the zoo

A' aye'ways get morose
When a've had tae much tae drink
The truth starts seepin' oot
Thank god the barman is a shrink

So aye big fella, a'll hae anothir
An' tak yin fur yersel
Yer ma best freend in aw the wurld
An' a'm feelin' sorry fur masel

Cause a'm strugglin' tae go on
Aye'ways pittin' on a brave face
A' need luv jist like any yin
A' am part ae the human race

God, this whisky's strong
A' shuidnae be mixin' it wi' rum
Everytime a' dae that
A' get kicked oot on ma bum

But this is hoo a deal wi'
The 'hings that scare me in life
So a'd better hae anothir
Afore a' go hame an' face the wife

Cause that wu'min is a monster
When a' come hame drunk fae the pub
The only way a'd get a ride the nicht
Is if a' hit her wi' a club

108

NAUGHTY BOY

When ma wife goes tae wurk
A'm a very naughty boy
A' phone up aw the chatlines
While playin' wi' ma toy

Ma wife get's paid the minimum wage
A' believe it's £9.80 by the hour
Meanwhile a'm back hame chattin' up little Suzie
Payin' yin poond fifty a fuckin' minute!!!

These companies must mak a fortune
Cause a'm sure Suzie isnae rich
That's why a' am quite hopeful
A'll yin day fuck the bitch

She keeps me wankin' on the line
Although she kens a'm married
A' shuid respect the woman mare
Whae ma' son, she birthed an' carried

But since the birth ae that boy
The fun hiz went oot oor marriage
A' kent it wiz a waste ae money
That fuckin' horse an' carriage

Noo, a'm runnin' up a phone bill
That will pit uz intae major debt
When the wife finds oot jist why
A'll soon be deed, ye kin bet

A' wish a' cuid face the problems
In the way we ineract
But she talks a load ae pish
A'm sorry, but that's a fact

A' used tae try tae shut her up
By shovin' ma cock intae her gub
But noo a' prefer tae get tucked in
Tae a peaceful pint doon the pub

Maybe yin day a' will meet Suzie there
Takin' a nicht aff fae dirty chat
An' a'll offir her twice her usual rate
If she lets me stuff her cat

Then maybe a'll discover
That aw that glitters insae gold
An' her pussy isnae aw that great
When yer hoose hiz jist been sold

Maybe a' shuid reign it in
Afore ma life ends up in the gutter
An' intae those sexy phonelines
No' anothir wurd should a' mutter

But let's try tae keep it real
That isnae gonnae happen
Cause a' jist luv the way
Suzie describes, her pussy lips a-flappin'

A' HATE MA PORN ADDICTION

A' hate ma porn addiction
It drives me roond the bend
Fur at least three times a day
A' polish ma bell end

A' hate ma porn addiction
An' so does ma lonely wife
Every nicht a'm on the computer
Wankin' away ma married life

A' hate ma porn addiction
It makes me want tae scream
A' am sick ae lookin' at beautiful wumin
Up tae their eyebaws in hot man cream

A' hate ma porn addiction
It is drivin' me insane
There is nu'hin a' kin dae aboot it
When a' get the caw tae wank again

A' hate ma porn addiction
Some people 'hink it's funny
A' wu'ner hoo they wuid like it
If it wiz costin' them sae much money

A' hate ma porn addiction
A' jist want ma life tae end
A' remember when a' used tae socialise
An' a moose wiznae ma best friend

A' hate ma porn addicition
It stops me bein' creative
It's been ten years since a' wrote a poem
Porn hubs are extremely probative

A' hate ma porn addiction
Technology wiz supposed tae mak life better
Noo a' dinnae even hiv time tae send an email
Far less write ma wife a luv letter

A' hate ma porn addicition
A' really really want tae stop
A' cannae even mak luv tae ma wife
Wi'oot 'hinkin' a' want tae partner swap

A' hate ma porn addicition
Maybe a' shuid get a job
Yin where a' hiv tae wurk ootside
Maybe that'll stop me playin' wi' ma knob

DODGY CROOD

Ma wife hiz thrown me oot oor house
She said she needed a break
Apparently noo it's no' only afore sex
That a' gie her a fuckin' heedache

So a' had tae hit the streets
Tae try an' find some shelter
A' turned doon yin offir fae a cult
Whae wanted me tae sing, 'Helter Skelter'

But a' did get intae the Salvation Army quarters
Aftir a lang desperate beggin' chat
They gie ye free food an' shelter
An' there's nae fear ae goin' intae combat

A've been there quite a while noo
Maybe it's time a' break the ties
But it's very hard tae dae
Cause a'm addicted tae their mince pies

Ye may wu'ner why a' wiz the yin tae go
It's cause her name's on the mortgage
A'd said there is nae fuckin' way
A'm committin' tae any death pledge

Noo a' cannae afford a place ae ma aen
But a' kin live in their hostel fur free
They tuck me in wi' a blanket
An' wake me up wi' a cup ae tea

A' ken a' am a bit rough aroond the edges
But they aw hae a kind hearted soul
Tae help waifs an' strays boonce back
Is their main life achievement goal

Their hospitality is pure legendary
A' cannae speak high enough ae it
Ok, ok, so it's got its doonside
What, wi' aw that religious shit

But a've grown tae luv singin' hymns
The christian songbook is a riot
An' the mare songs a' sing fae it
Improves the portions ae ma diet

Anytime ae the day or nicht
We're encouraged tae sing
But when a' sung, 'Highway Tae Hell'
They shoved a poker up ma ring

They then insisted a' got baptized
So a' had tae sell ma soul tae stay in their pad
They said, 'Jesus will save you now'
A' said, "Aye? Well, that'll mak satan glad"

So noo a' preach the wurd ae god
Tae any hungry desperado
If a' manage tae convert them
A' get a semi ripe avocado

A' really dinnae ken if a' like the new me
Or if a' prefer the familiar auld
A' jist ken if it wiznae fur gods follae'ers
A' wuid die ae the bubonic cauld

Which a' guess is a bit ironic
As heaven must be a lot caulder than hell
Thankfully the shelter pays their 'leccy
An' dinnae seem tae mind ma sulphuric smell

But even though a' hiv repented
A' ken hell's where a'll be goin'
Even the spillin' ae Jesus's blood
Cuidnae stop the reap a've been sowin'

A' dae wish ma wife wuid let me
Back intae oor battlegroond hoose
But she said first a' hae tae get a grip
On ma drink an' drug abuse

A' wu'ner hoo she'll like it
When a' turn up 'born again'
A've got a feelin' she'll demand
A' get back on the cocaine

Let me tell ye though, she's nae angel
She's got a look that cuid grown men kill
So in the meantime, a' 'hink a'll stay put
As lang as the Sally Army, dinnae hit me wi' a bill

WEBCAM LUV

Dae ye like tae watch the jerkin' movements ae a madman?
Are ye feelin' hot enough tae tak yer defences doon?
Wuid ye like tae see exactly whit a' am dain' noo?
If ye dinnae get offended, a' will tak yer luv tae toon

Does the thrill ae rock hard beauty mak yer rivers flow?
Will ye open up the canyon fur ma fishin' boat?
Can we sail upstream between the fiery sheets ae ice?
If we reach the point ae ecstasy, a' hope we stay afloat

Hoo will comin' in second feel when a'm past ma best?
Whit kin ye achieve wi' a broken doon bicycle pump?
When will ye decide tae settle fur the plastic toy?
If we get taegethir, a' hope we land wi'oot a serious bump

Whit will ye get oot ae livin' oot ma fantasy?
Kin ye look yersel' in the mirror aftir degredation?
Hoo auld is tae auld fur a yoothful sex wurker?
If we mak it last, a' dinnae need any aggravation

BE PREPARED

A' had this Russian burd come tae visit
So a' took her on a boat trip tae see some sichts
A' thoucht a'd mak the maest ae the opportunity
So a' made sure a' packed her crotchless tichts

We went tae an ancient toon cawed Phaselis
It wiz yince conquered by Alexander the Great
Whae apparently spent some time in the city
Maybe suckin' the bell end ae his mate

The Emperor Hadrian also visited the toon
Monuments were built tae commemorate the event
But the Phaselians probably didnae pay fur them
As they had a habit ae forgettin' aboot dosh they were lent

The ruins today date fae the Roman an' Byzantine periods
It hiz three harbour's includin' a military one
Wa's surroond the entire acropolis
Tae try tae stop pirates fae comin' tae hae their fun

The aqueduct is the maest impressive ruin
Fae a spring on a hill it runs tae the furthest harbour
The amphitheatre cuid hauld three thoosand people
So a' am assumin' the toon also had a barber

While we were there a' made a video blog
Granted, a' am nae Michael Palin
Thankfully the only bit ae preparation that a' did dae
Ensured that goin' hame, a' wiz mare than jist sailin'

THE AYA CEREMONY

A' attended an ayahuasca healin' ceremony
Where a' drank twa cups ae revoltin' liquid
Even though a' kent fur sure it wuid mak uz sick
An' turn ma faeces intae gallons ae runny fluid

The reason fur ma dain' such a couragous 'hing
Wiz cause it apparently facilitates healin'
An' aftir aw the trauma a've been through
A' had shut masel aff tae hoo a' wiz feelin'

The aya supposedly drains aw yer negativity
Intae yer stomach where it kin come oot twa ways
Through yer mooth, alang wi' yer bile
An' oot yer arse fur whit feels like days

Fur the first fower hoors a' wiznae sick yince
While every yin else wiz pukin' intae a pale
But a' wiz runnin' back an' forth tae the bog
Leavin' behind uz a broon vapour trail

On aboot ma twentieth visit, a' finally wretched
Ma stomach decided it wiz time fur eject mode
A' stuck ma heed inside the supplied spew bucket
An' cried oot tae god as a' finally emptied ma load

A' wiz ower the hump an' whit a relief
A' cuid noo appreciate ma heightened state
Although a' wuidnae recommend it tae jist any yin
Unless they want tae quickly lose weight

No' jist physically but also psychologically
As the next mornin' ma heart wiz as licht as a feathir
A' kent suh'in' inside me had changed
A' jist hoped ma arsehole cuid be pit back taegethir

The shaman that conducted the ceremony
Asked uz aw hoo we were aw feelin'
Pretty guid wiz the general consensus
Despite uz aw spendin' half the nicht kneelin'

A' spent the rest ae the day attendin' his wurkshop
Which wiz aw aboot uz takin' oor poo'er back
Guided meditations tae cut mental chains ae bondage
Society's sheep wuid certainly caw him a 'quack'

A' amnae claimin' he shuid replace yer doctor
They both proclaim they hae healin' knowledge
Yin says that god left aw we need on the planet
The othir says that god didnae go tae medical college

A' am majorly cynical taewards big pharma
Fur instance, a' refused tae gie ma son a single vaccine
No' jist cause a' dinnae want tae poison his blood
But also cause their profit margin is beyond obscene

The shaman claims that takin' the jungle medicine
Will hae strengthened ma natural immunity
An' goin' through that ordeal wi' twenty strangers
Certainly gave uz a shared sense ae community

Isnae that whit we are lackin' maest these days?
Maybe people need tae get taegethir an' shit mare often
Cause anithir side affect ae purgin' in public
It encourages even the maest hardened ego tae soften

We are hauldin' sae much emotions bottled inside
We panic at the thoucht ae exposin' oor fears
When ye tak ayahuasca they get flushed oot
An' ye meet the real yoo, aftir aw these years

A' am surprised masel at hoo much a' hiv changed
Noo a' dinnae even need tae get stoned tae hae a wank
A' hiv stopped watchin' porn twenty fower seven
An' a've got a talkin' plant fae the jungle tae thank

Ae course there are those whae say it is dangerous
An' a' wuidnae deny that their claims are true
The shaman's job is tae remove demons fae yer aura
But some kin also get in there, while usin' this brew

That's why it shuid only be taken wi' respect
In a controlled environment wi' an experienced healer
It is certainly no' a recreational pastime drug
If it wiz ye wuid be haein' serious wurds wi' yer dealer

Ye'd be sayin', "Oi, you didn't warn me about the effects
The wretching and puking was like a normal Friday night
But getting chased by dragons and enormous snakes
Well, that is the fucking epitome of fight or flight

I spent the whole night running from my shadow
In the end I had to turn around and face the monster
When I challenged it to a dual to the death
I realised that my life was controlled by an impostor

So now I have to give up all my psychological crutches
And face life like a man, instead of as a whipping boy
I conquered the demon that I realised wasn't me
Now I have no more excuses not to live a life of joy

I can't bury my head and pretend I am evolving
When I buy six super lager and a bottle of Buckie
You have changed my whole life and I've lost all my pals
A' just hope the new improved me, will maybe get lucky"'

As a' said, no' every yin shuid partake in the brew
Aftir aw, wiznae pharmakiea warned aboot in the bible?
But in the short term, tae help ye get back on track
Maybe shittin' yer brains oot, will help ye stop bein' yer aen
    rival

The only 'hing is that a' keep seein' mad mental crazy shit
Yesterday in the mirror, a' saw ma eyebaws turn black
Apparently that wiznae an aftir effect ae the aya
That's jist whit happens when ye go back on the crack

POINT HAULDIN' COURSE

A' had taken ayahausca wi' a shaman descended fae
   Mohammed
The next day a' discovered he tae had loads ae answers
As a' threw at him questions aboot various topics
He revealed tae me that he even kens hoo tae cure cancers

He said he does it by performin' 'hale body healin'
No' jist by focusin' on the cancerous growth
He nevir gies synthetic drugs or fuw body radiation
Unlike mainstream doctors, he follae's his hippocratic oath

Yin ae the methods he uses is cawed point hauldin'
Repressed emotions get broucht up by pressin' pressure spots
The points get sae hot wi' kundalini energy aidin' the release
That aftir a session, ye kin play join the dots

He mentioned that he wiz soon runnin' a course
So a' jumped at the chance tae burn up ma past
The ayahausca had started the process a' figured
So a' may as well go oot wi' a twa week blast

A' wiz due tae appear at the Edinburgh Festival
Twa days aftir the course fur a daily hoor show
Despite the fact a' hadnae performed fur fower years
Instead ae rehearsin' a'decided tae go wi' the flow

So it wiz aff tae Devon tae sleep in a farm barn
A' wish a'd taken a matt as the floor wiz concrete

A' thoucht, 'Nevir mind aboot ma Edinburgh audience
Aftir this a' will be happy if a jist get ma bum on a seat'

We had tae stick tae a raw fruit an' vegetable diet
The uncooked enzymes burn DNA crystals at meridian points
A' kent there wiz a reason why a'd nevir learned tae cook
A' mean, apart fae the fact a' smoke tae many joints

The shaman looks in yer eye based on his iridology trainin'
Tae discover where the suppressed emotions are stored
He then finds the correspondin' spot on the body
An' pushes his finger on it like a sharp sword

Fur instance, apathy is stored in the gonads
An' ye cannae get rid ae it by jist a 'hale lot ae shakin'
But there is a correlatin' point in the ankle which when
    pressed
Break doon decades auld crystals, an' ye begin tae awaken

As unconsciousness is the first layer that is whit ye start wi'
Fur the first hoor ye 'hink nu'hin is happenin'
Then aw ae a sudden cauld winds leave yer body
Apparently it is demons gettin' pushed oot an openin'

The folk hauldin' the points fingers get red hot
Tae a level sae intense ye really want tae cry
The healin' wurks cause at the end, aboot three hoors later
Bathe ae ye are sae grateful it feels like ye're high

Each day we wurked through oor layers ae pain
Auld partners were cursed an' tears were shed
There is a point inside the jaw cawed the triple axis
Where the pain a' released made me wish a' wiz dead

Ye dinnae realise the amoont ae crap that we carry
Until ye pit yersel through a process like that
The change in every'yin wiz really remarkable
An' cause ae the diet some folk even lost fat

The best laugh wiz when a' had tae point a girl's coccyx
As we say in Scotland, she wiz well worth a screw
Halfway through, she moved an' said she wiz stiff
The group pissed themselves when a' said, "Aye, me too"

A' had him as a freend so a' interrogated the shaman
A' wanted tae suck in as much ae his knowledge as a' cuid
A' am no' sayin' a' believe it aw but a' am keen tae learn
Aboot anythin' in this wurld that is misunderstood

That way ye kin form yer aen furst hand opinions
Wi'oot immediately labelin' su'hin as bad
A' will say this though, that yin assumption is correct
Ye'll generally find that shamans are mad

It's the nature ae the job tae traverse inner wurlds
Communicatin' wi' various deities an' gods
It is safe tae say that any traditional religious persons
Wuid hiv a view ae the wurld directly at odds

Cause this shaman is a practicin' magician
An' no' in a David Copperfield kind ae way
Although he kin produce 'hings fae thin air
He hiz many better 'hings tae dae wi' his day

Like ficht the forces ae darkness usin' Kali incantations
Which a' masel took part in yin free evenin'
A' pricked ma finger an' pit ma blood intae a bowl
An' then danced an' chanted fur evils weakenin'

We prayed that aw the chemicals the elite use on uz
Wuid get turned back on them but no' oot ae malice
A tooth fur a tooth, an eye fur an eye, a' believe is the phrase
Twa days later 'swine flu' wiz foond in Buckingham Palace

We took that as a victory fur the forces ae licht
But aftir recently studyin' christianity a' amnae sae sure
It claims that pagan rituals go against the wurd ae god
The devil uses magic bathe black an' white tae lure

So on the yin hand the shaman uses 'white magic'
That he says wiz given tae uz tae ficht the 'evil empire'
If we dinnae use it we wuid be like sittin' ducks
Strechin' oot oor neck fur every predatory system vampire

While on the othir hand christians prefer tae wait
Fur Jesus tae return again an' tak his richtful place
He will condemn the wicked yins tae the lake ae fire
So a' guess maest ae uz will disappear wi' oot trace

Fur is there any' yin really free ae sae cawed sin?
Shuid we wash oorselves in the saviour's blood?
At least we dinnae aw hae tae start buildin' boats
As apparently god promised there wuidnae be anothir flood

In the meantime we hae tae live oor lives
Tryin' tae mak sense ae oor spiritual predicament
A' wish a' kent the correct path tae blindly follae
Why isn't the richt 'hing tae dae aye' ways self evident?

Cause nae matter hoo much a' try an' sort ma life oot
A' seem tae aye' ways go roond in an evir decreasin' spiral

Sure fur a while aftir the course a' felt on tap ae the wurld
But aftir goin' on a bender tae celebrate, ma demons hiv noo
   went viral

Anywa' at least dain' the course helped ma comedy show
As a' had su'hin tae talk aboot when a' ran oot ae jokes
A' shuid hae performed black magic tae get mare punters in
As it wiz hell on earth performin' maest days, fur jist three
   folks

PERFORMIN' LOW

Well today a' hit a new performin' low
Only three people came tae see ma show
Twa ae them were student barstaff
An' the othir wiz a qualified bastard

A' bust ma baws fur ower an hoor
Feelin' jist like a corporate whore
Regurgitatin' ma auld lukewarm shit
While tryin' no' tae violently vomit

Cause a' hate ma act wi' a passion
Jist like luv it's goin' oot ae fashion
But a' stand there every day
Wishin' a' wiz walkin' the 'West Highland Way'

Punters stare like 'Vietnam Vets'
Whae've been denied their cigarettes
A' will the groond tae swallae me whole
An' pray the devil doesnae reject ma soul

But a' soldier on, like a moth at a light
Bangin' ma heed while talkin' shite
They are unaware ae ma genius inside
Maybe cause aw ma clothin' colours collide

If only they wuid listen tae ma soul
Then maybe a' cuid dig masel oot ae the hole

But instead they focus on ma wurds
Which only seem tae annoy the burds

Maybe a' need a 'Queen's English' translator
But they'd probably still 'hink a'm a fornicator
Maybe if a' wurked on ma jokes a bit more
There wuid be nae need fur the revolvin' door

A' am scared tae recite ma new political stuff
Cause noo the government is gettin' tough
If a' dared speak ma mind on a current affair topic
Ma collar wuid nae doobt soon be tropic

But a' feel somebody needs tae tak a stand
Afore speakin' yer mind is officially banned
So here's yin fur ye jist aff the bat
Soon they will tax ye fur jist gettin' fat

Kin ye see why it is that a' nevir storm?
Tryin' tae get laughs is jist followin' the norm
A' prefer tae fuck wi' a' punters heed
Probably cause a' hiv smoked tae much weed

Audiences dinnae ken hoo tae handle ma jokes
Cause tae get them ye need tae hiv had at least five tokes
So a' am goin' tae ask ma venue tae ignore the smokin' ban
An' a'll gie oot compulsory joints tae prove a'm the man

Then the stupefied crood will finally see
That which is blatantly obvious tae me

The wurld's gone tae pot, it's nae langer kind
Noo it jist numbs ye, an' fucks wi' yer mind

But everyyin hiz the key tae escape
In church they tell ye tae drink the grape
But dogma an' belief are a 'hing ae the past
Livin' in the 'noo', is the only true blast

So thank ye fur takin' the time tae listen
A' ken some ae ye winnae ken whit ye are missin'
Ma jokes may be discreet an' under the radar
But wi' naewhere tae go, a' dinnae need tae get far

A' jist hope that afore it's tae late that ye will see
Aw that is keepin' ye, fae gettin' me
Is barriers an' walls that ye hiv erected
So, please let them doon, ye cannae get infected

Dinnae believe the lie ye've aw been sold
The only 'hing a' spread is laughtir
If a' say that onstage these days
A'd probably soon be in the hereaftir

So that's aw a've got tae say fur noo
If ye like whit a' write please tell yer mates
Maybe a'll get mare than six people intae a show
Afore we're aw killed aff by that cunt Gates

FIND MA AEN WAY

A famous person is tryin' tae help me
Become someyin whae a'm not
Or maybe he see's su'hin in masel
That a masel forgot

He says a'm really funny
That a' hiv a gift fur the wurld
A' shuid stand up in front ae croods
When aw a' want tae dae is curl

Hoo kin a' mak them happy
When the wurld is sae sad?
An empty laugh is meaningless
A' dinnae mean tae soond sae mad

Ye create yer aen reality
Are the buzzwurds that ye say
Well excuse me Mr Guru
Hoo much dae a' need tae pay?

The truth is that a' ken a'm great
A' hiv su'hin a' want tae share
It's jist a dinnae ken whit it is
Or that any yin will care

Talkin' pish comes sae easy
But a' need tae learn tae edit
But that wuid spoil the illusion
An' gie ma brain the credit

These wurds come fae ma soul
They are directly heaven sent
But they dinnae come fae god
Fur a' ken that truth gets bent

A' dinnae mean tae soond pretentious
That's jist hoo a' am perceived
A' ken ye were tryin' tae help me
But whae are ye tae be believed?

A' reached oot a greedy hand
Ye came back tae me wi' luv
So a' am sorry noo tae throw it back
Wi' a broken promise golden glove

A' need tae find ma aen way
Tae fail on ma aen twa feet
So a' am goin' tae master the art
Ae makin' people greet

That wuid let me aff the hook
An' tak the pressure aff
A' hiv enough trauma in ma life
Wi'oot tryin' tae mak cunts laugh

ANNABEL CHONG'S WET DREAM

The pornstar Annabel Chong had a wurld record dream
She wiz desperate tae become the wurld's maest popular
    gangbang queen
She awready held the record fur the porn industry's first
    triple entry
But she hoped this cunnin' stunt wuid ensure her place in
    degradation history

She set hersel' a reasonable target ae twenty rugby teams
This event definitely had an oval ball theme
Her dream wiz advertised tae aw the loners on the net
If ye want tae dip yer wick it said, this may be the best chance
    ye'll get

So three hun'er cocks turned up an' formed an orderly queue
Oor lady looked quite taken by the horny lookin' crew
She lay doon on the bed an' spread her bandy legs
She nevir needs tae be telt twice, tae drop her smelly kegs

Yin by yin they clambered on tae dae whit they had come tae
    dae
Tae tak part in a new wurld record by batterin' her fishy
    pussy blue
They aw went at it hard an' fast, showin' her nae mercy
She gritted her teeth fur the act wiz no' complete wi' oot an
    ejaculatin' percy

By number forty-three, her no' sae private parts began tae
    really hurt

She wu'ner'ed hoo lang it wiz goin' tae tak fur three hun'er
   pervs tae spurt
Aftir ten hours ae constant bangin', she said enough's
   enough
The rest ae ye will hae tae find some othir freelance muff

But the guid news is she had done jist enough tae go doon in
   history
Twa hun'er an' fifty-yin pricks aw starred in her wurld
   breakin' horror movie
But the dick whae wiz next in line took the rejection like a
   curse
Fur it wiz his dream tae tak some cunt's sloppy twa hun'er
   an' fifty firsts

"What? Ten hours I've been here, patiently wanking my turn
What have I done to be the one that she has chose to spurn?
Well give me a hangman's rope and stick an orange in my
   mouth
I'm going to go the same way as the minister from England
   south"

But comin' back tae Annabel, like sae many hae done afore
She hiz the cheek tae claim that she is no' a whore
If ye ask her why she done it, she'll say fur fame an' lots ae
   money
But yin 'hing is fur sure, she will nevir be a 'Playboy Bunny'

Even Hugh Hefner wuid hae drawn the line at fuckin'
   Annabel Chong
He had three hun'er gorgeous models form a queue tae fuck
   him aw day long
Bein' a victim ae it masel, a 'hink the 'hale sex industry is sick

Annabel wiznae makin' luv she wiz jist wantin' men tae cum
   quick

Hoo far are we goin' tae go in exploitin' fragile souls?
Annabel's character certainly didnae need any mare widenin'
   ae its holes
A' 'hink the reason she got those men tae penetrate every
   nook an' cranny
Is cause she wiz handsomely paid tae act the part ae a total
   fuckin' fanny

Is it time tae look oorselves in the mirror an' ask some timely
   questions?
Will the goddess look at oor antics an' forgive oor brutal
   transgressions?
Or will she shake her heed an' get rid ae uz yince an' fur aw?
We sure dae hae a lang way tae boonce back, tae hoo we were
   afore the fa'

SOCIETY'S THORN

Little did they ken the day a' wiz born
That a' wiz destined tae become society's thorn
A' see the wurld through the eyes ae wun'er
That probably is ma maest biggest blun'er

Growin' up a' learned tae play the fool
It wiz ma way ae avoidin' tryin' tae act cool
When a' got a job a' couldnae believe ma eyes
Ma collegues made ma nursery school pals seem wise

Started drinkin' tae try an' fit in wi' the crew
A' should hae stopped aftir ma first violent spew
But instead a ramped it up wi' various concoctions
An' that wiz even afore drugs became options

Furst the blow an' then ontae the dancin' pills
Me an' the posse sure kent hoo tae get oor thrills
It wiz a shame aboot the hangowers an' bellyaches
But it helped keepin' masel constantly baked

Aftir six years ae livin' the rock'n'roll life
A' decided, fuck this, it's time a' foond a wife
A' clung ontae the first pussy a' cuid find
An' hoped she wuid save me fae furthir losin' ma mind

When the cracks started tae show in the arrangement
A' gave uz some acid tae help avoid estrangement
That sent her mind far beyond the fuw moon
Leavin' me unhappily married tae a stark ravin' loon

135

A' tried ma best tae tak care ae her desires
But there were a helluva lot ae cross wires
We were goin' tae split but she had a better thoucht
Tae hae a new born baby tae tighten oor knot

A' must ae been high cause a' somehoo agreed
Even though fae ma job a' had jist been freed
The next 'hing ye ken a' am wurkin' in Spain
An' she is comin' oot there tae hae the wean

That wuid ae been fine if she didnae go mental
Cause in losin' that job, she wiz instrumental
We stayed in the country an' the sprog wiz born
A' wished a' had stuck, tae jist watchin' porn

Aftir a week she went back tae the gynecologist
Whae suddenly turned intae a big time apologist
She had cancer an' if he spotted it afore the c-section
He'd hae removed it an' noo she'd be back tae perfection

She got an operation back hame tae remove it
Follae'ed by three batches ae chemo tae feel like shit
A' tried tae tell her ae alternative healin's
But fruit an' veg enema's didnae soond tae appealin'

Her mothir had come tae live wi' us an' a'd had enough
A' telt the wife it wiz time fur me tae find anothir muff
A' moved oot but only a few months later a' returned
A' wiznae used tae goin' oot an' gettin' crashed an' burned

We were hangin' on in there but it wiz gettin' tae much
The twa ae uz were becomin' each othir's bad crutch

136

A' telt her a' wanted tae get a divorce fur the sake ae ma boy
It wiznae fair fur him tae grow up in a hoose wi' nae joy

When a' came hame the next day she wiz naewhere aroond
A' searched the 'hale toon includin' every playgroond
Eventually a' foond her in a department store
Ye wouldnae get this much hassle, jist shaggin' a whore

She wiz oot ae her mind an' a' had tae get her tae hospital
It wouldnae be the furst time a' took her fur committal
She wiznae tae keen so a' had tae caw the ambulance
When they turned up, there wiz almost a major accident

On seein' them she bolted fur the windae tae jump
Bein' on the fourth flaer she'd ae landed wi' a serious thump
Somehoo a' sensed whit she wiz goin' tae dae
An' grabbed the purse roond her neck afore she flew away

Aftir gettin' her intae a dodgy lookin' mental ward
A' needed tae jist lie low fur a while an' enjoy bein' bored
The next day a' got a' caw tae say she'd escaped
She'd busted her back bad but at least she wiznae raped

A' wiz noo ragin' as this meant her mothir moved back in
Nae matter hoo many times a' try, a' jist nevir win
A' nevir changed ma sons nappies but noo a' had tae learn
When ma wife asked me tae change hers, a' couldnae exactly
    spurn

Aftir at least a year learnin' tae walk an' wipe her arse
A' left it a while afore sayin' that we should end this farce
This time she agreed wi' oot much hesitation

A' 'hink tae level oot oor relationship she probably wished
   castration

That is jist a glimpse intae that madness that is ma life
Ye'd hae thoucht a'd hae learned ma lesson an' no' got anothir
   wife
But naw, a' amnae that clevir an' instead went the 'hale hog
   again
It didnae tak me tae lang afore seein' familiar signs ae pain

A' jumped ship again, an' ma boy noo lives wi' me fuw time
A' dae hae a burd though although ye'll 'hink she's a crime
Mare than half ma age younger, a'n pretty hot tae boot
A' wun'er hoo lang it will be afore this yin, runs aff wi' half
   ma loot

All this while a' wiz tryin' tae be an meaninful' artist
It is only noo that a' realise that a' wiznae actin' the smartest
People dinnae want tae hear the truth an' the industry forbibs
   it
It's a disgrace but othir acts try tae shut me up, whae hiv little
   wit

A' willnae be denied though an' a' kin noo testify
That given any audience a' cuid mak them die
Jist a shame that the government hae the same agenda
A' wiz takin' much safer drugs back in ma daze at the
   Hacienda

Noo a'm tryin' tae educate ma lad that tae be successful
Follae yer aen path an' avoid burds whae are stressful
Granted a' amnae the best example tae follae
A've spent maest ae ma life to'ally aff ma trolley

LIVIN' THE DREAM

We were the young team, proud tae be fuckin' mental
Oor kindae crazy wiz tae push fun tae the absolute max
It started wi' the bevvy then on tae the hash an' grass
Tae fuel oor partyin' an' tak the pressure ae life aff oor backs

Then intae the yooth culture su'hin major erupted
A psychoactive drug hit the streets that made ye dance
We started goin' tae many secret undergroond rave parties
Swallowin' sweeties which made ye go intae a hypnotic trance

A' usually only took yin ae the smarties tae last aw nicht
But at a particularly mental nicht at Ayr Pavillion
A' wiz haein' such a guid nicht a' wanted tae go higher
So a' swallaed anothir smartie an' became a demented civilian

The main problem wiz the rave ended very abrubtly
A' didnae double check the time afore neckin' it
Noo a' wiz comin' up on a second yin fur the first time
In ma mates car goin' hame, a' wiz like haein' a fit

The posse wiz comin' doon while a' wiz rocketin' up
A' dinnae 'hink they appreciated ma loose lips
In fact ma pal went tae a garage tae shut me up
Comin' back wi' a twelve pack ae potato chips

They were pretty relieved when they dropped me aff
At five in the mornin', ma nicht wiz jist kickin' intae gear
Gettin' back tae ma flat, a' realised hoo melted a' wiz
A' had nevir talked tae ma posters, aftir jist twa beer

Sunday mornin', bringin' the dawn in, on hypo
Ma mates had disappeared, aw a' had wiz the Mondays
Thirty six hour party people livin' it large in ma livin' room
A'd hae rathir ae been chillin' than settin' ma dancefloor
    ablaze

A'd had the pills, enjoyed the thrills an' wiz used tae the
    bellyaches
But a second white dove wiz to'ally uncawed fur
Bez wiz noo tellin' me that a' need tae fuckin' calm doon
Comin' fae him a' took it as a' bit ae a wake up slur

So a' turned the volume doon fae eleven ae W.F.L
Ma freaky dancin' had worn ma smiley face carpet oot
Intae the kitchen where we usually dae oor bitchin'
But this time a' choose tae go doon the solo route

A' talked aboot masel behind ma aen turned back
Cawin' masel a' prick while a' inhaled many a hot knife
Each yin sent ma mind intae hyper space overdrive
At yin point a' even started 'hinkin' that a' needed a wife

A' needed tae mellow oot aftir haein' ma melon sae twisted
So a' took up ma familiar spot on the sofa in front ae the
    stereo
This time takin' the speakers doon an' pittin' yin by each ear
The ecstacy had peaked an' a' wiz noo in the soothin'
    aftirglow

A' had a guid collection ae albums a' cuid chose fae auld an'
    new
Listen wi'oot prejiduce, a' dinnae want whit a' hivnae got

140

Giant steps, obscured by clouds, happy sad or blood on the
    tracks
In the end only astral weeks cuid hit ma very needy spot

A' needed tae be born again jist like a fallen ballerina
Madame George touched ma soul the way young luvers dae
Thankfully Van the man helped me touch base vicinity
Where a' swore nevir tae go doon anithir happy blind alley

If only a' listened tae ma aen wurds ae wisdom
In a' way a' did, as a to'ally laid aff the dancin' biscuits
An' instead moved on tae consumin' a copious amoont ae
    acid
Which made me feel like a' wiz livin' in a wurld rathir
    viscous

Yin ae the young team had learned tae play the guitar
An' asked me tae join him in a bid fur rock superstardom
A' couldnae play an' instrument but lived the lifestyle
Wizn't rock'n'roll primarily aboot relievin' the boredom?

Aftir a year ae hittin' the space paper like it wiz on short
    supply
Ma mates heed split in twa an' in popped lots ae strange
    voices
He wiz given medical retirement wi' a healthy pension tae
    match
A' had tae keep soldierin' on, noo regrettin' a lot ae past
    choices

Ma mind wiz yin tab awa' fae bendin' the cosmos itsel'
A' had tae somehoo reel masel back fae way ower the line

Oor non existent band split up due tae the fact a' couldnae
  play
An' he got married, jist tae spite me a' 'hink, cause that idea
  wiz mine

A' wouldnae be oot done though cause a' had his Stones
  ticket
An' offired it tae a burd a' met in the nichtclub the nicht
  afore
Yin year an' twelve days later a' wiz sayin' a' dae in a hotel
Aftir seven fuw years, even drink an' drugs had become a
  bore

Hooevir, on the day ae ma weddin' a' sensed su'hin wiz up
When she accused me ae disappearin' tae god kens where
Tae hae gay sex wi' yin ae ma mates while she held the fort
An' tae me Jim isnae sexy, kilt or nae kilt, or even nae
  underwear

The honeymoon pit furthir doobts intae ma fragile heed
When she pissed me aff sae much a' didnae want tae talk
As' the fuw realisation ae whit ma actions hiv noo led me tae
Dawned upon ma naive young heed, it wiz quite the shock

Instead aw boo'in' oot gracefully a' tried tae mak a go ae it
Aftir a couple ae years when 'hings wernae pannin' oot tae
  well
A' remembered hoo much fun a'd had takin' aw that LSD
So a' telt her it wuid help tae mak oor relationship go swell

Three days later she wiz climbin' oot a doctors windae
Wi' me hauldin' ontae her as she dragged me oot ae it
Yin positive ae chasin' her aroond the surgery garden
Wiz it made me realise that a' had become seriously unfit
142

Eventually a' managed tae grab her an' hauld her doon
While the medics turned up wi' a' shot ae su'hin poo'erful
A' tried tae get a look at the name on the drug bottle
As the effect it had on her looked bloody wun'erful

Back in ma purely drinkin' an' smokin' days a met a burd
Whae wiz a trainee nurse an' we slowed danced tae 'Crazy'
A' telt her that a' had jist purchased Patsy's single reissue
Fur some reason this made her wet knickers get lazy

A' nevir arranged tae meet her again but did in fact dae so
When the ambulance turned up at the mental ward she
    greeted us
It took me a' while tae cotton on that she wiz whae she wiz
By the time that a' did, ye should hae seen the look on ma pus

Fur a number ae years later a' tried tae live up tae the big
    event
Nursin' ma wife through various doons an' mare doons
They practically gave her a key tae the part ae the hospital
Where none ae the patients can eat wi' any'hin but spoons

It wiz goin' tits up an' we did split fur a few months
A' wiz copin' aricht an' enjoyin ma freedom when oot ae the
    blue
She gave me a caw an' telt me 'hings she nevir really said
    much
But a' hink 'Hoo kin a pin ye doon furevir?' came oot as 'A'
    luv yoo'

Cause nae soonir had she returned, she wiz plannin' a baby
A' probably should hae stopped tae consider the ramifications

If ye are goin' tae bring a child intae this wurld it is hard
     enough
Wi'oot a series ae mental health breakdoons bein' yer
     foondations

Christ kens hoo a' hiv nevir landed up bein' sectioned masel
A'm sure a' lot ae folk 'hink that a' am a stark ravin' looney
A' jist 'hink life should be a party an' everyin is sae fuckin'
     glum
Maest even look borin' compared tae Wayne bastard Rooney

Aftir gettin' her pregnant a' decided tae fuck aff abroad
A' got accepted fur a job tae be a Hotel entertainer in Spain
But a' lost the job aftir she came oot there tae join me
Leavin' her alane tae wurk wiz pittin' her un'er tae much
     strain

She wiz panickin' aboot hain' the bairn in a foreign country
A' wiz shittin' masel aboot whae wiz goin' tae pay fur this
     sprog
She had the wean but then couldnae deal wi' actual reality
Sendin' her mind intae anothir deep dark hazy familiar fog

She went tae hospital fur a week an' a' wiz again left alane
Except this time a' wiznae, as a' had a six week auld boy tae
     feed
He wiz cryin' through the nicht when he couldnae latch ontae
     a tit
But a' soon solved that by gien' him a soothir the size ae his
     heed

There wiz worse tae come when she got telt she had
     lymphoma

144

When gettin' the twa month check up done aftir the
operation
It's a lang story, this isnae even the start ae it but a'll cut it
short
Let's jist say that aw this trauma wiznae dain' much fur ma
erection

Aftir she got ower the cancer a' felt it wiz time fur anothir
break
This time it wiz her back, when she escaped fae bein'
sectioned again
That wiz the yin that also broke mine an' the camels as well
Although the weddin' rocked, the aftirmath hiz been nu'hin
but pain

We dae hae yin 'hing tae show fur aw the regrets an' mistakes
Somehoo' we managed tae bring up a luvely young lad
He gets his guid looks an' cheeky backchat fae his mothir
Even though a've made many fuck ups, a' hope he' proud ae
his dad

A' often wu'ner whit wuid hae happened if a' took a different
path
No' gettin' lured in by the rave lichts an' the rock'n' roll
myth
If a' had stayed on the straight an' narrae an' used ma brain
well
Maybe ye wuid aw ken me noo as Scotlands finest wurdsmith

But instead a' chose tae live in the moment an' experience
life
A' cannae change whit hiz been done, will furevir be done

The 'hing aboot me is that a' dinnae 'hink we are here tae
ficht
A' believe we kin avoid the need fur any drugs if we aw chose
tae hae fun

Will it tak a major event in the future fur us aw tae wake up?
Or will we start noo tae mak better choices fur better
consequences?
A' dinnae believe the future ae oor personal or collective
lives
Can be improved any furthir by increasin' politicians
expenses

The party doesnae need tae evir end, every day can be a
celebration
When a' look at people a' hiv a lot ae empathy fur hoo they
feel
Trapped in their aen mind an' usually through imaginary fear
They 'hink that tae be happy they need tae score anothir deal

When ye hiv pit yersel through the mill an' came oot the
othirside
The fear ae the wurst happenin' doesnae hae the same poo'er
An' a kin tell ye aftir aw a' hiv been through, the best is yet
tae come
Yin day everyin will see we are here tae blossom jist like a
lotus floo'er

So go live yer life an' mak some stories, maybe ye'll hae
grandkids
Ye kin sit them on yer knee an' tell them ae yer crazy actions
Dinnae get sidetracked wi' othir people's agendas or
nonsense

146

Or even pay attention tae the mainstream waffle an'
   distractions

Yer life is the event an' ye hiv got a front row seat
Hoo dae ye want yer show tae go? Are ye goin' tae be the
   star?
Will ye play the villian or the guid geezer whae plays it
   straight?
Aw a' kin tell ye is keep goin' an' ye will nae doobt get very
   far

FOLLAE THE SCIENCE

Nicola Sturgeon said tae follae the science
Regardin' the deadly virus sweepin' the nation
So a' took her at her wurd an' looked intae it
Only tae discovir, there is nae such 'hing as viral contagion

The men in white coats are jist trained monkeys
Miseducated by the rockin' fella's foondations
They maybe go in wi' an honourable heart
But their student loans change their best ae intentions

They are no' trained tae question their lecturer's
Whae themselves hiv been deeply indoctorinated
Big pharma fund the university's where they study
Where any critical 'hinkin' is swiftly incapacitated

Louis Pastuer's germ theory hiz never been proven
There is no' yin experiment which demonstrates it
Bacteria an' so-cawed viruses dinnae cause disease
Therefore the pharmaceutical model is based on jack shit

Whit they caw a virus is nae mare than cellular debris
Seen through an electron microscope as an artefact
They add poisons an' starve the cells fur a week
Then they claim the result is caused by viral contact

Stefan Lanka recently done a blind experiment
Where he added nae human sample tae the petri dish
Exactly the same result showed that virology is fraudulent
Anyyin whae claims different is talkin' a load ae pish

John Enders had done the same an' wrote in nineteen fifty
    fower
The difference between the results are indistinguishable
But obviously big pharma hiz a lot invested in the fake model
So they are dain' their best tae make the lie inextinguishable

We hear talk ae oor body's great natural immune system
But the truth is we dinnae hae yin tae ficht aff disease
We hae a health system which tries tae get rid ae poisons
But we take sae many different kinds, we bring it tae it's
    knees

It is in fact this toxic overload which causes symptoms
Which the doctors step in tae claim a disease hiz been caught
By an invisible bug which they admit is never alive
An' the evidence fur which they hae is naught

The body kens hoo tae heal itsel', if left alane
The cold an' the flu are it's way ae detoxifyin' its terrain
No so-cawed antibodies are formed by any poison jab
Aw ye are dain', is invitin' yersel' intae a wurld ae pain

The way they hiv labelled the term anti-vaxxer as bad
Shows hoo far they will go tae propogate insanity
It is obvious tae aw by noo surely, this is no' aboot health
This is aboot the re-wirin' ae whit's left ae humanity

They hiv also tried tae mak bacteria seem dangerous
But they are the body's way ae cleanin' up oor system
We are telt tae attack aw germs as though they are psycho
    killers
Yet wi'oot them, none ae uz wuid be here tae try tae murder
    them

It seems like we live in an inverted upside doon wurld
We are telt tae follae orders by leaders whae dinnae dae the
    same
When are we goin' tae start takin' responsibility fur oor aen
    lives
Instead ae playin' alang wi' their corrupt freemasonic game?

Their bare faced boldness hiz tae be respected somewhit
Criminals an' murderers actin' in plain sicht fur aw tae see
Yet people still turn oot tae vote an' some even ficht in their
    fake wars
But if ye want tae protest them, apparently ye hiv tae be
    careful ae yer profanity

Some hae even tried tae tak the truth tae the police an' courts
But their just-us system doesnae want tae pay attention
They are on the side ae the black magic law wizards
An' are only interested in buildin' up their sizeable pension

A' hiv been critisiced, abused an' supported no' a lot
Jist fur tryin' tae share info, a've even been cawed a shill
A' dinnae even ask ye tae believe a single wurd a' say
Aw the facts are in the book, 'What Really Makes You Ill'

A' only wish ye's wuid tak the time tae 'hink aboot
Aw the bullshit we pit intae oor body an' mind
Cause if we keep believin' liars an' decievers
It'll nae be lang until we are aw in an awfy bind

Aftir learnin' aboot aw this shit, a' took a stand at wurk
Obviously they fired me, an' a'll soon be goin tae a tribunal
But it is no' the so cawed 'Elite' that a' am maest scared ae
It's the mask wearers that'll probably send me tae ma funeral

150

LYRICS

SUZIE HAY

Wake up Suzie ye ken a' got su'hin tae gie tae yoo
A'm as hard as wood an' a' ken ye luv a mornin' screw
Ye ken ye've nevir refused
In fact a' feel a'm bein' used
Oh Suzie, a' dinnae want tae cry, any mare
Ye shag me tae the bone, then ye tell me tae go hame
Tak ma money but dinnae tell me yoo're a whore

Ma salty cum when it's in yer face makes ye earn yer wage
Ye're careful no' tae let in run in yer eyes, ye say it stings
Ye are yin sexy fox
Ye luv it up yoor dungbox
But Suzie, a' dinnae want tae cry, any mare
Cause ye shag me tae the bone, then ye tell me tae go hame
Tak ma money but dinnae tell me yoo're a whore

Aw a' needed wiz a hole tae stick ma willy in
Yoo provided several an' became ma dotin' luver
Ye ended ma droocht
Aw we did wiz stay in bed
While ye gave me, some bloody guid heed
But Suzie, a' dinnae want tae greet, any mare
Ye shag me tae the bone, then ye tell me tae go hame
Tak ma money but dinnae tell me ye're a whore

A' suppose a' cuid read dirty books
When a've got the horn
Or extend ma sexual cue an' mak a livin'
Oot ae amateur porn

Or find masel a new girlfriend
Whae will spit polish ma bell end
Oh Suzie, a' wish a'd nevir, cum in yer face
Ye made a sexual deviant oot ae me
Noo a'm as perved as a man kin be
Ye stole ma wallet
But a' luv ye anyway

Oh Suize, Suzie Darlin
Why did ye dae it?
Why did ye nick ma wallet?
Why did ye break the bond ae trust between us?

We had a bond ae trust ye ken
Aftir a' stuck ma dick in yer arse
An' shot intae yer face
A' thoucht we were united taegethir forevir

But yoo stole ma wallet!
Ye didnae need tae dae that Suzie
A'd hae gladly run up credit cards tae the max
Jist fur yoo

A'd hae remortgaged ma hoose
Jist tae keep gettin' a taste ae yoor juicy pussy
Ye were some ride
A'd hae quite happily got intae serious amoonts ae debt
Jist tae shag yoor hairy pussy

Oh Christ aye
Whit a pussy ye hiv Suzie
It wiz the tastiest 'hing a've hid since
Ma maw's christmas puddin'

An' that wiz pretty tasty
Aw yoors needed wiz a cherry on top

Ye were some shag Suzie
A' luv the way ye let me cum aw ower yer face
An' gie ye big slaps wi' ma deflatin' snake

Remember at yoor place
A' wiz first in queue
A' ken a' wiz yer special luver Suzie

So spread yer legs
Ye kin at least send me a photae
Come on
A' jist want a close up

Suzie Darlin'
Gie ma wallet back tae me
Let me pay ye
A'll get twenty credit cards
A'll run the maximum up on the lot ae them

A'm tellin' ye babe
Ye'll be worth it Suzie
Even if a' remortgae ma hoose
Big deal
It's only bricks
Jist tak ma prick
Cause nae cunt else will

NAE BIG ERECTION

A' cannae get nae big erection
A' shuid get a knob extension
Cause a' try, an' a' try, an' a' try, an' a' try
A' cannae get nae, a' cannae get nae…

When a've puwed a chick in a bar
An' the dollyburd starts tae ride me
But she's beggin' fur fower inches mare
She's ventin' her frustration
So a' hae tae offir her compensation

A' cannae get nae, oh nae, nae, nae
Hey, hey, hey
That's why a' pay
A' cannae get nae big erection
A' shuid get a knob extension
Cause a' try, an' a' try, an' a' try, an' a' try
A' cannae get nae, a cannae get nae…

When a'm watchin' a porn dvd
An' a man comes on tae show me
Hoo huge a knob kin be
But he must be a horse, cause his bloody cock
Makes mine look like the size ae a pea

A' cannae get nae, oh nae, nae, nae
Hey, hey, hey
That's why a' pay
A' cannae get nae big erection

A' shuid get a knob extension
Cause a' try, an' a' try, an' a' try, an' a' try
A' cannae get nae, a' cannae get nae…

When a'm tryin' tae please a girl
An' a'm dain' this an' a'm tryin' that
But she's tryin' no' tae hurl
She says, "Baby better go, and take your own life
Cause with a knob like that, you'll not get a wife"

A' cannae get nae, oh nae, nae, nae
Hey, hey, hey
That's why a' pay
A' cannae get nae, a' cannae get nae
A' cannae get nae
Nae big erection
Nae big erection
Nae big erection
Nae big erection
Nae big erection
Only a small yin!

YESTERDAY

Yesterday,
A' got ma genitalia oot tae play
Started wankin' masel wi'oot delay
Oh a' wiz horny yesterday

Suddenly,
A' shot a load ae cum aw ower me
There wiz semen runnin' aw doon me
Oh yesterday, a' came suddenly

Why a' had tae blow,
A' dinnae ken, a' cuidnae say
A' said,
Fuck it, it's gone,
But noo a' lang fur yesterday

Yesterday,
A' wanted sex but a' had tae pay
A' jist had tae get ma end away
Oh a' needed a whore's pussy

Why a' had tae go, a' dinnae ken, a' cuidnae say
She said, "You're doing it wrong"
But noo a' lang fur yesterday

Yesterday,
A' cuidnae keep the horn at bay
Thankfully today's anothir day
Oh, a' wiz horny yesterday
Mm-mm-mm-mm-Yesterday!

SCREAM AN' SQUAW

Today is gonnae be the day
When a' gie ye a damn guid screw
By noo a' shuid've somehoo'
Realised that there wuid be a queue
But a' dinnae believe that anybody
Fucks yoo the way a' do, so spread them noo

Smelly feet the wurd is on the street
That the fire in yer pants is oot
A' ken ye've done it aw afore
But this time a'm gonnae mak ye shout
A' dinnae believe that anybody
Fucks yoo the way a' dae, so spread them noo

An' aw the shags we've had afore were blindin'
An' aw the times ye came dinnae need remindin'
There are dirty 'hings that a' wuid
Like tae dae tae yoo
An' ah' sure ken hoo

Cause baby
Ye're the only burd whae'll shag me
So a'll gie ye a caw
An' screw ye against the garden wa'

Today is gonnae be the day
When a' fuck the crap oot ae yoo
By noo ye shuid've somehoo
Realised what a'm aboot tae do

A' dinnae believe that anybody
Talks tae yoo the way a' do, ya dirty coo

An' aw the shags we've had afore were blindin'
An' aw the times ye came dinnae need remindin'

There are dirty 'hings that a' wuid
Like tae dae tae yoo
An' ah' sure ken hoo

Cause baby
Ye're the only burd whae'll shag me
So a'll gie ye a caw
An' screw ye against the garden wa'

Cause baby
Ye're the only burd whae'll shag me
A'll give ye a caw
An' ye'll scream an' squa'

Said baby
Ye're the only burd whae shags me
Ye're the only cunt whae fucks me
Ye're the only wumin whae'll touch me

MA KNOB, MA KNOB

Start spreadin' yer legs
A'm gettin' horny
Yiv git tae tak the 'hale ae it
Ma knob, ma knob

These auld married blues
Keep yer pussy at bay
But noo a' want tae feel ye on
Ma knob, ma knob

A' want tae fuck ye sae hard
Ye cannae walk fur a week
Tae find ma knob is red raw
As if a'd shagged sheep

Ma conspiracy views
Keep yer vagina awa'
But noo a' want tae feel ye on
Ma knob, ma knob

If ye kin tak it there
Ye'll tak it anywhere
It's guid fur ye
Ma knob, ma knob

A' want tae dae 'hings tae yoo
That'll mak ye 'hink a'm a freak
Ye'll find yer clit bein' licked
While ye're asleep

Ma abuse ae the booze
Keeps oor genitals astray
But noo a' want tae feel ye on it
Ma knob, ma knob

If ye kin tak it there
Ye'll tak it anywhere
It's guid fur ye
Ma knob, ma knob

IN FUNTALYA

A' heard there wiz tae be a party at Ben's
So a went alang tae see ma freends
But when a' got there, a' wiz in fur a big shock
Cause a' got asked tae sing a song
But then they said a' wiz dain' it wrang
Where hiz aw the luv gone in Funtalya?

Maybe they didnae like
The song a' sung wi' nae mic
A'm nae the best crooner in the wurld
But fur them tae mock an' jeer
Then turn awa' an' drink their beer
Wiz a public disgrace in Funtalya

Ye wuid hae thoucht aftir aw a've done
Tae provide them carefree fun
A' wuid hae deserved a little bit mare respect
But instead aw a' got
Wiz a upward view ae their snot
Times sure hae changed in Funtalya

A' remember the guid auld days
When freends were freends, even behind yer face
Noo it seems it's aw a matter ae ego
Ok, so they didnae like the wurds
Maybe a' offended the burds
We used tae hae a guid laugh in Funtalya

A' guess that's the nature ae life
At least a' still hae ma wife

She still luvs me even though a' cannae sing
A' wish a' cuid hit a note
Then maybe a' wuidnae get their goat
A' wiz ostracised an' abused in Funtalya

The funny hing is, despite ma voice
A' accept ma 'Hobson's Choice'
Ye kin only piss wi' the cock that yiv got
So a' will continue tae sing
In spite ae aw the misery a' bring
They kin aw go get fucked in Funtalya

Maybe ye are lonely too
Ye dinnae fit in wi' the cliquey few
Dinnae let othir people drag ye doon
Ye'll return tae the god above
If ye demonstrate true luv
In face ae aw the evil in Funtalya

So that's the end ae this song
Thanks fur stickin' aroond sae long
Ye are better freends than the yins a' left behind
Jist remember tae be yersel
It's vital fur yer mental health
Jist dinnae stop singin' at any party in Funtalya

THE WURLD'S BIGGEST POO!

Early yin mornin' a' needed a shit
So a' got oot ae bed
It had been aboot an hoor an' a half
A'd been hauldin' that turtle's heed
A' took twa steps towards the door
A' cuid hear the turtle's cries
Please get me oot ae here
Afore yin ae uz dies
A' had tae hurry an' clench ma cheeks
Faith wiz aw a' had
If a' cuid mak it tae the pan in time
A'd be eternally glad tae unglue
Fae the Wurld's Biggest Poo

A' really wished ma underpants
Were reinforced
Cause a' thoucht me an' turtle
Wuid tae soon be divorced
A' made it tae the bedroom door
Wi' a haste that wiz hard tae match
If only a' cuid figure oot
Hoo tae undae the big steel latch
Blind panic wiz settin' in
As a' fiddled wi' it in the dark
Nae time tae pit the licht on
Turtle wiz startin' tae bark, an' turn into
The Wurld's Biggest Poo

Eventually a' grabbed su'hin'
An' battered that latch tae hell
A' jist hope the wife doesnae want
Tae use her dildo fur a spell

A' sprinted alang the corridor
In minute baby strides
If a' had taken a slightly larger step
A'd hae tae deal wi' ma arse insides
A' cuidnae believe it when a' got tae the bog
Ma son wiz sittin' in there
A' said, "This is an emergency'
Get yer arse up aff ma chair, or ye'll get a view
Ae The Wurld's Biggest Poo"

But ye ken whit teenagers are like
He telt me tae get lost
A' said, "We'll talk aboot this later
A' dinnae like bein' double crossed"
The turtle wiz makin' it clear
He had an urgent exit plan
Had tae find a place tae dump him
Afore the shit hit the fan
A' turned aroond an' saw the pot
Ae ma wife's favourite plant
The question wiz, wiz it worth it
Tae listen tae her rant an' tae spew
Aboot The Wurld's Biggest Poo

A' decided a'd rathir shit masel
Than tae deal wi' her female rage
Fur if she foond ma turtle in there
A' dinnae 'hink that a'd see auld age
A' ken that a' didnae hae time
Tae tak the lift or the stairs
So a' cuidnae even go tae the garden
An' bare ma ass-cheek hairs
There wiz only yin place left

An' that wiz the kitchen sink
So a' stood on a wobbily chair
An' prepared fur the stink ae the brew
Ae the Wurld's Biggest Poo

The turtle's heed it fully popped oot
But the shell it had got stuck
It wiz noo goin' beyond an emergency
Isnae that jist ma luck?
So a' had tae squeeze wi' all ma micht
Tae get the rest ae the creature oot
Jist then ma wife an' son appeared
An' both gave a big large shout
"What the hell are you doing?
With your arse over the sink?"
They both said in unison
That a' need tae see a shrink, an' they flew
Fae the Wurld's Biggest Poo

A' cuidnae believe they wuid leave me
In ma hour ae need
As a' started tae evict the beast
Bathe ma eyes began tae bleed
A' pushed an' pushed wi' aw ae ma force
It felt like a bowlin' ball
It wiz only then that a' realised
That the sink wiz way tae small
As it began tae overflow
A' had tae laugh
A' shuidnae hae used the kitchen sink
A' shuid hae used the bath, tae push through
The Wurld's Biggest Poo!

Aftir aboot a couple ae hours
Ae me squatin' on that chair
Ma wife returned tae the kitchen
Ye shuid hae seen her glare
She cuidnae believe that yin man
Cuid expel that much shit
Tae be honest a' also didnae ken
Whit tae mak ae it
A' decided tae tak some pictures
Ae the 'beached turtle'
A' heard back no' lang aftir it
Wiz noo the official new….
Wurld's Biggest Poo!

PALS FUREVIR

Baby a' dinnae really want tae ken
Hoo ye fucked othir men
Jist open up ma fly
Honey, dinnae mak me feel the pain
By drivin' me insane
Or a' willnae get a bone

Maybe a' will start tae cry
A' cannae forgive
A' went them tae die

Maybe a'm tae scared tae leave
Cause yer pussy a'd start tae grieve

Baby, ye done adultery
Yoo saw 'hings ye werenae meant tae see
Yoo an' a' are on a sticky wicket

Baby a' dinnae really want tae ken
Hoo ye fucked othir men
Jist open up ma fly
Honey, dinnae mak me feel the pain
By drivin' me insane
Or a' willnae get a bone

Maybe ye will ne'er be aw the 'hings that ye shuid be
It is time fur guidbye
The rotten apple ae ma eye
A' foond somebody the same as me
Whae doesnae tak commitment lichtly
Yoo an' a' are nae langir taegethir

Are ye happy?
Ye had tae go an' hae yer fun
A' hope they actually made ye cum
A' jist sat at hame alane
Won'erin' where the hell ye where
A' wiz tae busy on ma phone
Tae pay ye the attention
That ye probably did deserve
A' wiz a total fuckin' stoner wastman junkie
Whae wiz mare intae bloody caw ae fuckin' cuntin' duty
Than tae gien ma wife some fuckin' pleasure
An' so she went an' foond it elsewhere
If only she didnae mak the porn
They wuid nevir ae foond oot
Noo a'm the laughin' stock
Ae the fuckin' toon
The dirty coo

Baby why'd ye stop takin' the pill?
Are ye mentally ill?
The bairn cannae die
Honey, where'd ye pit yer brain?
Is it doon the drain?
Or are ye a fuckin' clone?

Baby, go find anothir guy
A' hae tae live
Oor luv hiz tae die

Maybe a' wiz tae naive
Jist hoo much ye cuid decieve

Baby made a faithir oot ae me
Noo a'll grow auld happily

Ma boy an' a' will be pals furevir

We'll be pals furevir
We'll be pals furevir
We'll be pals furevir

Ocht aye, ma boy an' I
We'll be pals furevir
That's richt bitch
Fuck yoo
We'll be pals furevir
Su'hin guid came oot ae misery

We'll be pals furevir
Me an' ma boy
An' no' fuckin' yoo
Ocht aye
A' wiznae perfect
But ye were fuckin' much less so
So yiv got tae go
Tak it oot on some cunt else

Me an' ma boy
We're gonna fly
Up tae the sky
Oh yeah

They junkie daze are behin' me noo
A' am goin' tae fuckin' grow
Wi' ma boy we're gonnae go
Tae the toppermost ae the poppermost

An' nae signin' ae any deal
Wi' any devil

170

A'LL PAY YER FINE

A' keep a close watch on the speed ae mine
A' cuidnae believe when a' got a fine
A' nevir yince let it go ower the line
But fur yer sixty nine, a'll pay yer fine

A' didnae even ken ye stole ma car
Ye drove it very fuckin' goddam far
Yer a big shit, but yer a porn star
An' cause yer fine, a'll pay yer fine

A' cuidnae believe it when we got in a fight
A' wiz jist dain' whit a' thoucht wiz right
The director telt me that a' shuid tak a shite
A'd had a line, so a'll pay yer fine

He wiz the prick whae telt ye tae open wide
Bein' part blind a' guess ye didnae see the guide
When he said so, a' jist let the jobbie slide
Ye didnae ask tae dine, so a'll pay yer fine

Ye done well tae steal that car ae mine
Why did ye hae tae drive it intae a coal mine
An' on top ae that, a've no' got a fine
Ye crossed the line but ye are damn fine

A'll tak yer shit, cause ye ate mine
An' cause yer blind, a'll pay yer fine

COCKGATE AN' BAWS

Today the police are on the street
An' they're tearin' doon sticky Kunt cocks
By noo they shuid've somehoo
Realised that they're the dicks
A' didnae believe that anybody
Wuid gie such a monkeys hoot, aboot a joke

As soon as the cocks were on the street
The Underbelly began tae shout
"Do not mess we're the fucking best
And we're going to take your cocks all out"
A' cannae believe that a comedy venue
Cuidnae tak a joke wi'oot a pout

An' aw the cocks we had tae stick were shinin'
An' aw the posters we pit them on are pinin'
There are many 'hings that we wuid
Like tae dae tae yoo
An' yer stupid coo

Cause Underbelly
Turns oot yer a little bit smelly
Cause aftir aw
It's jist a cock an' baws

This year wiz gonnae be the year
That the spirit ae 'The Fringe' wiz ruined
But then Kunt an' his gang stood up
An' telt the fascists tae get tae fuck

I cannae believe that anybody
Wuid threaten tae sue a Kunt aboot a cock
An' aw the cocks we had tae stick were shinin'
An' aw the posters we pit them on are pinin'

There are many 'hings that we wuid
Like tae dae tae yoo
An' yer stupid coo

Cause Underbelly
Turns oot yer a little bit smelly

Cause aftir aw
It's jist a cock an' baws

Cause Underbelly
Turns oot yer a little bit smelly

Cause aftir aw
Yoo jist suck Kunt's baws

Said Underbelly
Yer very fuckin' smelly
Yer goin' be the yin that fucks me
Cause ye dinnae gie uz
A fuckin' gig
Ya cunts

THE END AE ETERNITY

The English are sayin' that, 'Football's coming home'
They aw suffer fae fuckin' arsehole syndrome
Cause 'Nineteen Sixty Six' is a 'hing ae the past
But ye'd 'hink that it wiz yesterday
An' if they win this year, we'll no' hear the last
Until the end ae eternity

They jist beat Tunisia, wi' minutes tae spare
Then they slaughtered Panama, whae nevir had a prayer
An' then got beat by Belgium intentionally
So they cuid navigate their way tae the final
An' if they win this year, oor ears they will blast
Until the end ae eternity

Next came Colombia, whae were meant tae be easy
But they claimed that they were dirty an' sleazy
But naebody mentioned Henderson's actin'
Or Harry's dive fur the penalty
An' if they win this year, oor die will be cast
Until the end ae eternity

Their egos inflated when they won the shoot oot
Fur yince their bottom lips, they didnae need tae poot
Aw ae a sudden, they were tap ae the wurld
An' the trophy is theirs fur the takin'
An' if they win this year, oor joy will be in the past
Until the end ae eternity

Sweden didnae pit up much ae a fight
Fur Wurld Cup quarter finalists they were pretty fuckin' shite
Maguire an' Ali they got the goals

But Pickford saved them fae cryin'
An' if they win this year, oor life is dooncast
Until the end ae eternity

Next up's Croatia, a nation ae fower million
But if they win, the English will 'hink they're Brazilian
Even though they dinnae mention the foreign immigrants
Whae mak up mare than half ae their team
An' if they win this year, oor face we will glass
Until the end ae eternity

The Wurld Cup final wi' England there
Aw Scotsman will be left wi' nae hair
Fur even a glimmer ae them winnin' the cup
Oor lives we'll contemplate takin'
An' if they win this year, we'll commit hari kari on mass
Until the end ae eternity

Imagine the horror ae an English victory
Their narcissistic media wuid vomit on uz daily
Remindin' uz that fitba somehoo came hame
An' hoo we kin aw boo doon tae their greatness
So please god dinnae let them win ANY year
Until the end ae eternity

Thankfully, a' am happy tae say
The Croatians didnae come tae jist lay
They brought an end tae the impendin' doom
An' cheered up every Scots livin' room
Let's hope that god keeps gie'in uz a break
Until the end ae eternity

NUMB TAE THE PAIN

Naebody feels any pain
Cause we're aw drugged an' insane
Everybody kens
The emperor's hae the bends
But we jist act like we are no' bell ends
Cause we dinnae, want the truth, tae unfurl

We drip, jist like a pussy
An' we stretch, jist like a pussy
We smell, jist like a pussy
But we ficht, jist like a little kitten

Queen Lizzy she's no' ma friend
Naw a' dinnae want tae see her again
A'm goin' tae tell the press
That she is possessed
Till everyyin sees that she is jist a pest
Cause we still, boo doon, an' curtsy

We submit, jist like a pussy
An' we strench, jist like a pussy
We cave in, jist like a pussy
But we resist, jist like a little kitten

It wiz pleasant there at first
We were quenchin' oor human thirst
Then we fell doon here
An' oor nevir-endin' fa' numbs
But whit's worse is noo we need beer
Tae quench oor fear

It's that damn clear
A' jist cannae shit
Smelly farts are aw a' kin emit
Ma guts are in pain
A'm at ma wits end
So please kin ye shove up a laxative, ma freend
A' am angry, an' noo, a'm aw messed up

We bruise, jist like a pussy
An' we flatulence, jist like a pussy
We play dead, jist like a pussy
But we're fucked, jist like a little kitten

THE DOUR AE SCOTLAND

The dour ae Scotland
When will ye pit a smile on yer face?
Fur yer dain ma tits in
Sae much a've had tae quit gin
An' start injectin'
Ye'll 'hink a'm barmy
Ma arms like a dartboard
Tae ease ma pain

Ye's took a solemn vow
Fur any fun, ye'll swiftly kill
Displayin' yer tense brow
Sae much ma joy is all quelled
An' noo a'm injectin'
A'm goin' quite barmy
Ma arm's like a dartboard
Tae ease ma pain

Yiv got the ken hoo
Tae seep intae a happy brain
A' wiz jist tryin' tae get by
But noo ma life's doon the drain
An' a'm injectin'
A'm totally barmy
Ma arm's like a dartboard
Tae ease ma pain

So a've got tae leave noo
A' hae tae emigrate, tae find a thrill
Cannae stand it any langer

Some cunts a' jist want tae kill
The dour ae Scotland
When will ye pit a smile on yer pus?

Fur ye're dain ma tits in
Ye've worn ma patience tae thin
An' am still injectin'
A'm fuckin' barmy
Ma arms like a dartboard
But that didnae ease ma pain
A've went insane
A'm oooooooooooooooooooooooot the game

OBSCENE WURLD

In the wurld where he wiz born
A young boy dreamed ae bein' free
Tae escape his life ae strife
Gettin' rodgered by every means

So he railed fae gettin' bummed
Fichtin' back every randy bean
An' he prayed wi' othir slaves
The auldest yin, wiz jist fowerteen

He did live in a wurld that is obscene
A wurld that is obscene, a wurld that is obscene
He did live in a wurld that is obscene
A wurld that is obscene, a wurld that is obscene

Fur the children they wuid hoard
All livin' deep under the floor
The kids wuid luv tae get oot tae play

He did live in a wurld that is obscene
A wurld that is obscene, a wurld that is obscene
He did live in a wurld that is obscene
But noo his life hiz been, he died in a guillotine

"Full steam ahead, Mr Johnson, full steam ahead"
"Full speed it is, Klaus"
"Cut their chord, drop the chattle!"
"Aye-aye sir, aye-aye!"
"Capsize, Capsize"

An' we aw live a life ae bees
Every yin ae us, is on oor knees
Sky ae haze, an' sea ae broon
In oor wurld, crazy as a loon

We tae live in a wurld that is obscene
A wurld that hiz jist been, a wurld ye cannae clean
We tae live in a wurld that is obscene
A wurld that isnae green, a wurld ruled by a queen

We tae live in a wurld that is obscene
A wurld that is sae mean, a wurld that vents its spleen
We tae live in a wurld that is obscene
A wurld that makes a scene, a wurld that hurts a teen

In the wurld where we are born
Young boys dream ae bein' free
Tae escape their life ae strife
Gettin' rodgered by every means

Ocht aye
Fae the fuckin' poison
The chemtrails
The toxic drugs
The television....etcetera

THE LIARS

In March twenty twenty
They telt uz aboot a virus
Said it wiz spreadin' fast
An' we wuid soon be deed
The public started shittin'
Their poor wee scardy cat knickers
A' prefered tae dae some research
Tae see whit a' cuid find

So a' opened up the yootube
Saw a video by Richie fae Boston
He wiz talkin' tae a luvely pair
Their names were Dawn an' David
They were sayin' there wiznae any
Evidence ae a virus
The government were makin' it up
So we cuid aw get jabbed

Noo at that point in the story
They werenae mentionin' the poison
D & D jist kent the script
Ae where it wiz goin' tae go
They had studied the history
Ae previous scamdemics
They both kent, ye cannae catch
Su'hin that doesnae exist

Ye got tae ken when they're lyin'
Ken when they're tryin'
Ken when they're lips are movin'
They are talkin' shite

182

Nevir trust a smarmy cunt
Whae tells lies fur a livin'
That applies tae aw the scum
Cause the systems based in fraud

No' every doctor kens
The deceptions ae virology
They still trust their indoctorination
Tae tell them whit tae 'hink
Some broke oot the cult
When they realised they were killers
An' noo they are exposin'
The lies tae aw the sheep

An' noo it's up tae ewe
Whit are ye goin' tae do
Wi' this new information
That kin wake ye up fae sleep?
When will ye tae tak yer heed
Fae deep inside yer rectum
An' hauld the pricks accountable
Then leave them in a heap?

Fur the future is quite certain
If we follae their despotic plan
We will aw become part robot
An' we kin say guidbye tae man
Is that the wurld ye want
Tae be part ae creatin'?
Are ye goin' tae mak a stand
Or let their lies be dominatin'?

Ye got tae ken when they're lyin'
Ken when they're tryin'
Ken when they're lips are movin'
They are talkin' shite
Nevir trust a smarmy cunt
Whae tells lies fur a livin'
That applies tae aw the scum
Cause the systems based in fraud

SIX TAE TWA

Clambered ootae bed
Destruction in the kitchen
Gettin' tae wurk is noo ma mission
A' puke an' wretch
An' a' hate ma fuckin' life

Got tae face that shoo'er
Whae a' want tae be thumpin'
They aye'ways greet me
Wi' a fist bumpin'
While a' jist wish they wernae alive

Slavin' six tae twa,
This life is no' fur livin'
Wakin' up wi' a sigh
This job is dain' ma tits in
A' want tae use ma mind
An' ma wurds no' hae tae edit
So when a' get hame a' get hazy
Wi' some guid shit

Six tae twa, they noo say a' need a potion
Did they 'hink that a'
Wuidnae show any real emotion?
They want tae mak me deed
An' the HR boss is a banshee
But a' telt that bitch she kin get fucked in a pantry

The government scheme
Ma neighboor's natter
Noo the company's oot

Tae mak me madder
But they kin tak
That needle far away

A' dinnae fuckin' vote
A' 'hink they're aw bell ends
Noo they're tryin' tae stick some poison in
A' decided tae spurn
Noo they're goin' tae tak ma job away

Slavin' six tae twa,
This life is no' fur livin'
Wakin' up wi' a sigh
This job is dain' ma tits in
A' want tae use ma mind
An' ma wurds no' hae tae edit
So when a' get hame a' get hazy
Wi' some guid shit

Six tae twa, yeah
They 'hink that they kin screw ye
A've had enough ae strife
Cause a' 'hink aboot it, don't ye?
It's a yin sided game
An' we got the shit end ae it
Cause we spend oor life
Wi' nae money in oor wallet

Six tae twa,
This life is no' fur livin'
Wakin' up wi' a sigh
This job does ma tits in
A' want tae use ma mind

186

An' ma wurds no' hae tae edit
So when a' get hame a' get lazy
Wi' some guid shit

Six tae twa, yeah
A' wiznae born tae live in a zoo
A' may tak ma life
Ye tae 'hink aboot it, don't ye?
It's a fuckin' rigged game
Freemasonic rules innit?
So let's tak back oor life
An' tell them they kin shove it

Pussy wurkforce
They aw suck the bell end
No' yin ae them
Will evir be ma friend
They kin get tae fuck
The fuckin' bunch ae cunts
No' yin ae them will evir
Stick their evil shit in me

TV PRISON BLUES

A' hear the siren wailin', they've come tae tak ma friend
He lined up fur a convid shot an' noo his life will end
He hiz begun tae realise, he made a fatal boob
But the poison keeps a' flowin', no' dain' any guid

He used tae say a'm crazy, a' believe in conspiracy
Noo he kens we are goy as he's got the constant runs
He took the shot intraveno, an' noo he's goin' tae die
When his fuw time whistle blows, a'll say a sad guidbye

Well noo honest people
Whit are ye goin' tae doo?
The time hiz come fur answers
Fae oor chosen few
When will they be exposed
Fur the crimes they've done?
They telt everyyin tae get jabbed
An' noo they're on the run

A' wish he'd stopped his bamblin', an' listen tae whit a' said
He'd nae doobt be alive noo, instead ae fuckin' dead
Well a' guess he had it comin', actin' so silly
If ye're gonnae trust the government, yer playin' a lot'ery

Well noo naieve people
Whit are ye goin' tae doo?
When will ye ask the questions
Tae oor motley crew?
Ye cannae tell me they arnae
Aware ae whit they've done

Cause that wiz the plan aw alang
Richt fae the startin' gun

We live in a fictional prison, trained tae toe the line
A' must ae escaped that plight when a' realised ma mind wiz
  mine
Far fae TV prison, is a healthy place tae stay
If yer sick fae bein' programmed, get ootside an' play

BIG FAT SLEAZY CUNT

An' here's fuck yoo Boris Johnson
Jesus hates ye mare than ye will ken
God hates ye tae Boris Johnson
Heaven haulds nae place fur those whae prey

We'd like tae ken jist whae hiz opened up yer filthy fly
We'd like tae help them check their mental health
Yer disgustin' life is based on unempathetic lies
Wurkin' undergroond, takin' orders fae Rome

An' here's fuck yoo Boris Johnson
Mohammed hates ye mare than ye will ken
Allah hates ye tae Boris Johnson
Janna haulds nae place fur those whae prey

Betrayin' yer people hopin' nae yin evir kens
Fuckin' in the chantry wi' yer mate snakes
It's no' a little secret, that the Johnson's bathe luv Blair
Bein' in the club that lick the Pope's smelly skids

An' here's fuck yoo Boris Johnson
Buddha hates ye mare than ye will ken
Kali hates ye tae Boris Johnson
Creation haulds nae place fur those whae prey

That lyin' cheatin' babbler is obviously a loon
Hae ye seen him tryin' tae control his weight?
Talkin' horseshit, wi' little wit
He gies me the blues

He's why a'm aye'ways on the booze

So please be gone wi' nae cameo
The nation says guid riddence an' fuck yoo
Yiv had yer day Boris Johnson
Ye kin also tak yer jesuit pals away

Oh it's guid tae get rid ae that big fat sleazy cunt
He wiz daein' everybody's tits in
Hoo on earth did we pit up wi' his blatent obvious lies?
Hopefully noo, they'll fuck aff back tae Rome

An' here's fuck yoo Boris Johnson
Britain hates ye mare than ye will ken
Europe hates ye tae Boris Johnson
The wurld haulds nae place fur those whae prey

DAE YE 'HINK WE'RE BLIND?

We're caught in yer trap
We cannae get oot
Because ye pretend tae be oor matey

A'm sure ye kin see
Whit yer dain' tae uz
When ye dinnae listen tae a wurd we say?

We cannae see the wethir
Wi'oot suspicious minds
So ye cannae build oor future
Dae ye 'hink we're blind?

Yer no' a freend, yer a foe
We kin feel every blow
We're fuw ae suspicion ae yer lies

Aw ye giv is pain
Actin' so damn mean
Ye jist want fur uz tae kneel
We're dyin'
(Yes, we'e dyyin')

We cannae see the wethir
Wi'oot suspicious minds
So ye cannae build oor future
Dae ye 'hink we're blind?

Oh we are goin' tae thrive

Jist as soon as we aw get wise
There is yin 'hing ye cannae buy
Yer money, it willnae save ye fae the zoo

Mmm yeah, yeah

Ye'll be caught in a trap
Ye willnae get oot
Because we ken ye arnae oor matey

We will aw see
Jist whit ye did tae uz
An' fur yer evil deeds ye will pay

Oh, ye will ken
Yer caught in a trap
Ye cannae get oot
Because we ken ye arnae oor matey

WIDE AWAKE HUMAN

As soon as yer born they gie ye a jab
The doctors will tell ye its totally fab
But they dinnae say whits in the lab

A wide awake human is su'hin tae be
Usin' yer brain shuid come naturally

They hurt ye in hospital, then send ye tae school
Tae be taught by an arsehole, so yoo act the fool
Cause ye cannae follae idiotic rules

A wide awake human is su'hin tae be
Usin' yer brain shuid come naturally

They've brainwashed ye wi' fitba sae much ye cry tears
Then ye droon yer sorrows wi' multiple beers
Ye'd be much mare happy jist facin' yer fears

A wide awake human is su'hin tae be
Usin' yer brain shuid come naturally

Keep ye doped wi' hard drugs fae their pharmacy
Ye 'hink they are there tae mak ye healthy
But yer jist a lab rat its obvious tae see

A wide awake human is su'hin tae be
Usin' yer brain shuid come naturally

Yiv been telt a very big lie
The government arenae on yer side

Noo ye must stand up an' decide
If ye want tae mak them the jilted bride

There is time tae wake up, if ye tak the red pill
Then ye will learn hoo aw doctors kill
An' ye'll stop takin' orders fae oor kill Bill

Use yer brain noo an' act naturally
See through the bullshit an' hypocrisy
There is nae such 'hing as democracy
Ye are livin' yer life in captivity

Cry oot fur freedom immediately
Hate cannae stop ye fae bein' free
Luv if ye want tae live gallantly
The secret tae life is tae jist be

MA LIFE DOESNAE MATTER

This is a shit life
Tryin' tae live gallantly
Caught in a prison
Whit the hell is reality?

A' opened up ma eyes
Got up, went ootside an' peeeeeee'd
A'm jist an' auld man, a' get nae sympathy
That's why a' act sae glum, feel sae low
A' get high, but avoid the snow
Anyway ma burd blows
Doesnae really matter tae me, tae me

Vimeo, jist killed ma site
Pit a gun against ma heed
Puwed their trigger, noo it's deed
Vimeo, if a' had a gun
A' wuid come an' wipe ye aw away

Vimeo, ooh
Why did ye go oot tae mak me cry?
If the vids are no' back by this this time tomorrae
A' cannae carry on, carry on cause nu'hin else matters

(Total cuntbags)
(Total cuntbags)

Tae late, yiv fucked ma bum
Made ma arsehole whine
Committed anothir dirty crime
Guidbye, Vimeo, yiv made me go
Ye had tae leave luv aw behind an' ban the truth

Vimeo, ooh
Yiv made me wanna die
A' often wish a' had a gun tae kill masel

Vimeo
Ten thoosand videos
Ye removed fae ma site
Ya fuckin' cuntin' shitface total scumbag arses
Yoo fuckin' dirty bastards
Ye really took the biscuit
Hoo kin ye live wi' yerselves
Aftir destroyin' ma life?

A' am a bitter an' twisted auld man
A'm a slouch, a'm a slouch, ma fastest speed is slow
Ma arsehole needs tighenin'
It's very fuckin' frightenin' me
(Vimeo) Vimeo
(Vimeo) Vimeo
Vimeo made me go
Magnifico-o

A'm jist a pare cunt, naebody supports me
He's jist a real man whae stood up tae tyranny
They took his life actin' unlawfully

Easy come, easy go, Vimeo telt me tae go
Vimeo! Yes, they telt me tae go
Vimeo! Telt me tae go
Vimeo! Telt me tae go
Vimeo let me go!
Vimeo, Vimeo, Vimeo, telt me tae go!
Oh no, no, no, no, no, no, no, no, no
Oh, diahorrea, diahorrea, diahorrea, a've let it go

Vimeo wurks fur the devil tae attack me, attack me
Attack me!
Attack me!

Yiv got anothir 'hing
Yiv got anothir 'hing
Yiv got anothir 'hing
Yiv got anothir 'hing
Yiv got anothir 'hing
COMIN!

So ye 'hink ye kin ban me then cum in ma eye?
So ye 'hink ye kin ignore me an' hope that a'll die?
Oh, vimeo, cannae dae that tae me, Vimeo
A' am gonnae shout, gonnae first get me some beer

A' hae tae get drunk
A' hae tae get stoned
Aw cause, ae yoo, Vimeo

A' dinnae ken hoo ye live wi' yersel
A' dinnae ken hoo ye live wi' yersel
A' dinnae ken hoo ye live wi' yersel
A' dinnae ken hoo ye live wi' yersel

Ooh, ooh yeah, ooh yeah

Ma life doesnae matter
Naebody kin see
Ma life doesnae matter
Fuck aw fuckin' matters tae me

Whit kin a' tak up ma nose?

THE SOOND AE SILENCE

Aricht bawbags, ma fake friends
A've come tae apply tae ye again
Cause the Fringe is slowly creepin'
An' a' dinnae want tae be left weepin'
Cause the vision that god pit in ma brain
Drives me insane, a' wish it wiz, the soond ae silence

In this dream a've walked alane
Which has brought a load ae pain
Livin' in a flat wi' major damp
Given a chance a' cuild be a champ
But their necks a' grab when they talk a load ae shite
Noo a'm a blight, an' a' clutch, the soond ae silence

At their conscience a' dae gnaw
At aw the ken aw's a' dae roar
Arseholes spoutin' wi'oot readin'
Fannies flaffin' wi'oot listenin'
Dumb cunts wearin' thongs but nae yin ever cared
They're no' superb, they disturb, the soond ae silence

"Twats," a' said, "Ye's dinnae ken
Ain't nae virus, ya bell ends
Hear ma wurds, a'm tryin' tae get through
Watch the videos that a' send tae yoo"
But ma rants, like silent truth bombs, fell
Aw a' heard back wiz mare silence

An' so the pricks turned me awa'
Cause a' caw a' spade a' spade

The comic greats are noo in mournin'
Free speech is no' conformin'
An' the boss man said, "The words of the wannabees are pre-
    written in their subconscious walls and government halls
And you can whisper in the sound of silence"

Ye kin aw get
Ye kin aw get
Ye kin aw get
Ye kin aw get
Ye kin aw get
Ye kin aw get
Fucked!!

IF YE

If ye sense the nichtly silence
Kin ye feel the air it breathes?
If ye identify the unkent soldier
Kin ye cure the war disease?

If ye hear the almichty cawin'
Kin ye see the way it leads?
If ye swallae the official line
Kin ye ficht the predators seize?

Surfin' upon a low frequency wave
We dinnae realise that oor life's at stake
Turn up the band an' escape fae here
Aw ye hae tae dae is let go ae yer fear

If ye enjoy the luxury lifestyle
Kin ye stabilise the wobbily coo's?
If ye kill the champion boxer
Kin ye claim the unified croon?

If ye taste the sweetest sweet
Kin ye stop the merry go roond?
If ye project the wurld wide web
Kin ye bring the internet doon?

Surfin' upon a low frequency wave
We dinnae realise that oor life's at stake
Turn up the band an' escape fae here
Aw ye hae tae dae is let go ae yer fear

If ye throw the stone ae destiny
Kin ye sing the burds tae sleep?
If ye control the tactical system
Kin ye ignore the troublesome sheep?

If ye buy the book ae dreams
Kin ye stop the nichtmare unfoldin'?
If ye dinnae believe in yersel'
Kin ye play the cards ye are hauldin'?

Surfin' upon a low frequency wave
We dinnae realise that oor life's at stake
Turn up the band an' escape fae here
Aw ye hae tae dae is let go ae yer fear

If ye wait fur the pointless booster
Kin ye resist 5G radiation?
If ye want tae escape the lockdoon
Kin ye flee yer self-isolation?

If ye pray the drugs kin heal ye
Kin ye believe the gospel is true?
If ye crash the astral plane
Kin ye tell me if the sky is blue?

ROCK'N'ROLL CIRCUS

Life is a rock'n'roll circus
Spacin' each day away
Luv is a bundle ae fruitcake
Crumblin' cosmic ray

Gone is the fear that escapes us
Hurtin' the yesterday day
Hello tae the new-born people
A' see ye foond yer galaxy way

Dance in the sparklin' desert
Whae cares whit the newspapers say?
Dae ye ken there's a master inside ye
Waitin' tae be let oot tae play?

Free will is nae matter ae choice
Followin' yer nose astray
Suicide is a feasible option
Prayin' on a lottery day

Oor nucleus is no' very active
Seal the bond tae stop the decay
We are in this race taegethir
Runnin' the eternal relay

Clear the path taewards freedom
Shake sugar on special K
Become enlightened leaders the 'morrae
Join the universal party

Life is a rock'n'roll circus
Wastin' each day away
Luv is a bundle ae fruitcake
Crumblin' cosmic ray

FAE A TRAMP TAE A KING

A tramp walked awa' fae his favourite girl
Her selfish attitude had destroyed his wurld
He had tae find a new code tae life
He vowed tae pit an end tae his trouble an' strife

Lost in the jungle he wiz doon an' oot
His guide tae the land gave a holy shout
"You have the map in the palm ae your hand
Tak your time there is plenty ae sand"

So he jumped fur joy wi' a pink kangaroo
Stayed up aw nicht an' came doon wi' flu
Fur the next three days aw he tasted wiz blood
He wished he stayed back hame, safe in the mud

His hopes an' dreams had begun tae diminish
But since he started, he decided tae finish
Touched by his luv he began tae weep
He prayed fur forgiveness an' went aff tae sleep

Listen people
A' kid ye not
When he wiz there
He stopped the rot
A' dinnae ken if it wiz jist fate
Prayin' ootae luv, opened up the gate

When he woke up tae a red sunrise
He cuid see wi' sanctimonious eyes

His view ae the wurld wiz to'ally clean
Every precious moment wiz a glorious scene

Noo the path that he follae'd hiz a large signpost
Tak a wrang turn an' ye'll remain a ghost
So join aw the tramp's whae are livin' like kings
Exempt fae the burden ae material 'hings

The tramp achieved his speciality
Noo he is born, ANEW!

CLIMAX

Thouchts ae the past, are chokin' ma licht
When luv washes in, a' feel waves ae delicht
Yince upon a wish, a' aye'ways dreamed permanent bliss
Only garden fairies, feel as pure magic as this

Feelin's ae poo'er, get locked in ma heed
When a' tak control, ma ego is deed
Cavalry charge, while the wise gentlemen follae
Nu'hin is conquered, by a skull that isnae hollae

Suffocate tae switch aff oor senses
Titillation distorts the truth
Compensate tae confuse oor anger
Education destroys the proof

Evil dictator, wants tae pregnate ma womb
When the camouflage faws, a' will rise fae the tomb
The cross on ma gravestone, wiz reborn intae a star
Travellin' people, sometimes get railroaded far

Suffocate tae switch aff oor senses
Titillation distorts the truth
Compensate tae confuse oor anger
Education destroys the proof

Nae-yin but a', kin deceive ma guid eye
When ma spirit breathes, a' kiss darkness guidbye
Nae need tae rely on a deal promise the nicht
The climax is comin' an' the time feels sae richt
When are ye goin' tae tak control ae it?
Yoo hae the poo'er tae stop yer life bein' shit

NOO IS THE TIME

If ye 'hink the end is comin'
Are ye prepared fur the ficht?
If oor children are in danger
Will ye dae whit ye ken is richt?

If the guid guys are in poo'er
Dae they follae the lucifer licht?
If this wurld is run by evil
Kin ye mak it through the nicht?

Noo is the time we must face oor self
Nu'hin's mare important than mental health
Go tae the richt tae buck the trend
The left is the way tae the sure-fire end

If black hats control the airwaves
Hoo many megahertz kin ye take?
If healthy eatin' is nae doobt guid fur ye
Why dae ye gorge fur guidness sake?

If technology is the way forward
Did random chance mak a natural mistake?
If meditation makes ye holy
Wuid ye still live the life ae a fake?

Noo is the time tae tak back yer poo'er
We've aw had enough ae that awfae shoo'er
Step ootside intae the sunshine
Fae dirty water we kin mak the wine

If we dinnae start noo evolvin'
Kin we find a way oot ae here?
If people dinnae accept their blame
Hoo kin they begin tae lose their fear?

If armageddon is upon uz
When will yoo gie up on beer?
If young flesh is yer chosen poison
Cannae ye see yer karma is near?

CRUMBLIN' SYSTEM

System beginnin' tae crumble
Today is no' yesterday
A new wurld is on the horizon
Dinnae shy yer eyes away

We are the yins whae will lead uz
Intae a brand new day
The paedophiles are aw goin' doon
Eatin' babies is no' the way

Dinnae believe the lies ye are telt
The MSM hiz went astray
In cahoots wi' othir nations
Wi' yer body they want tae play

Bill Gates the epitome ae evil
Is a program in decay
Their plandemic is noo reboondin'
Noo god will hae his say

Yer future is by nae means certain
Dae ye want tae join the party?
The time hiz come tae be true an' richteous
Fur that ye dinnae hae tae pay

Look at whit ye are dain'
Are ye happy where ye stay?
Lift up the veil ae truth
It is time fur yoo tae mak hay

Support the wurk ae the guid men
Change tae match their ray
If we dinnae become free an' holy
Pure evil will hae its way

TIME TAE ACT

We woke up yin day tae a new wurld aroond uz
We hae tae stay at hame because ae a virus
Nevir mind the fact they cannae travel through air
Nu'hin in this wurld is real or fair

At least a' thoucht that's the way that it wiz
But then a' searched fur anothir real cause
Turns oot that this is the end ae the ficht
Between the forces ae dark an' the forces ae licht

Which side ae the fence dae ye want tae be on?
When the final bell rings ye hae tae sing yer song
Will ye stand up ficht fur absolute truth
Or will ye choose tae remain aloof?

Ye will hae tae gie up on some 'hings that ye like
But when ye dae ye will drop the mic
Then ye will see ye had tae dae whit ye done
Tae stand wi' the holy in the land ae the sun

Listen people
A' shit ye not
Ye are no' here
Tae waste an' rot
Tak a moment tae meditate
Go inside noo, it's no' tae late

When ye get the message that god gies yoo
Show the wurld that yer part ae the crew

Get on board the yin victory train
Let's stop these cunts whae bring children pain

So get yer big fat arse, oot ae yer lazy chair
Yince ye ken the truth ye hae tae dae whit's fair
If we aw contribute tae a new way ae bein'
Heaven wuid be aw that we were aw seein'

Ye came here fur yer destiny
So ye better, ACT NOO!

THE NEW TOMORRAE

Kin ye hear the new tomorrae?
Listen closely if ye dare
Ye need tae become aquainted
Tae the soond waves in yer hair

Let the voice come through ye
A dialogue's in place
Open up the channels
An' let's move tae inner space

When the wurld begins tae moan
Ye are no' alone
When the wurld begins tae see
Be aw ye kin be
When the wurld begins tae cry
Only the strong will die
When people start tae believe
The auld wurld they can leave

We are standin' on the edge
Ae su'hin very big
Oor imagination is waitin'
Fur uz tae leave the egg

Rememberin' whae we are
Is noo the order ae the day
Oor historic future is upon us
There is nae othir way

When the wurld begins tae groan
Throw doon yer phone
When the wurld begins tae plea
Jist act naturally
When the wurld begins tae die
Open up yer eye
When people start tae grieve
The auld wurld they can leave

Dinnae be afraid
Raise yer hand intae the sky
We hae come tae tak uz hame
Intae oor dreams we must fly

The bells are ringin' oot
It is time tae use oor tools
Let's activate oor spiritual bodies
An' become fuw time wise auld fools

When the wurld begins tae clone
Dinnae throw a dog a bone
When the wurld begins tar pee
Flush the lavatory
When the wurld begins tae sigh
It is best tae stay very high
When people start tae achieve
The auld wurld they can leave

The time hiz come tae open up
Oor third eye an' move tae the sun
We're aw travellin' inside
The time tae become one

Ye move wi' the earth
Ye move wi' the wind
The rain an' the sun an' the moon
An' the sky an' the stars
An' the wind an' the sky an' the moon

Move
Move wi' them aw
Ye are yin wi' the wurld
Open up yer channels
An' look deep inside

The voice is waitin'
Fur ye tae talk
Whit hiv ye got tae say
Tae those inside whae want ye tae play?

TIMES ARE EVOLVIN'

Come gaithir roond robots wherevir ye roam
An' admit that the fear factor turns ye tae stane
An' accept that soon ye'll be left aw alane
Is yer life tae ye worth savin'?
Then ye better start 'hinkin' afore ye kneel tae the throne
Fur the times they are evolvin'

Come husbands an' wives whae are nae langer freends
An' keep yer legs wide an' ye micht cum again
But dinnae peek tae soon fur the vibrator's in the bin
An' there is more tae sex than jist shaggin'
Fur yer luver noo, ye dinnae want tae spin
Fur the morals they are evolvin'

Come managers, businessmen, please mak the caw
Please tell yer big boss yiv left his fruit staw
Fur he whae hiz courage, will be he whae hiz ba's
There's a fire in yer heart that's ragin'
It'll soon eat their profits an' burn doon their mall
Fur the rebels they are evolvin'

Come doctors, nurses it is obvious tae see
The drugs that ye dish oot are no' really free
They come wi' a price that some pay heavily
So stop actin' like ye are the king
It is time tae follae yer hippocratic plea
Fur the healers they are evolvin'

Come family an' freends it is time tae go hame
Livin' this way is bringin' uz shame

Religion hiz taught uz that we're aw alane
But it's oor voice inside that's cawin'
Let's luv yin anothir until the end ae time
Fur the earthlin's we are evolvin'

MR POLITICIAN

Hey Mr Politician, ye dinnae speak fur me
A'm no' lazy but there is nae job a want tae dae
Hey Mr Big Brothir, dinnae ye spy on me
Or on a dark December evenin' a'll come followin' ye

Though a' ken the British Empire secretly still stands
A' wiz born a man
No' a Winston Churchill fan
A prick is still a prick
Even if he's sleepin'
A minister repulses me, a'd nevir kiss his feet
Invite him oot tae eat
Or gie him a comfy seat in the hoose ae schemin'

Hey Mr Politican, dinnae ye threaten me
A' may be wasted but there is nae jail a'm goin' tae
Hey Mr Dragon Breath, dinnae blow yer smoke on me
Or on a Lazy Sunday mornin' a'll set fire tae ye

So tak me on a trip upon yer pirate sinkin' ship
Where ye will aw be whipped
A' want yer necks tae grip
The plank awaits yer step
So start a' walkin'
A'm ready tae save any yin whae admits the 'hale charade
Ma luv will nevir fade
But a' cannae stand this hate brigade fur anothir second

So Hey Mr Politician dinnae point yer smile at me
A'm no' happy wi' yer cronies or yer family

Hey Mr Sleazebag, dinnae say yer change wiz guid
Or yer deep state shenanigans will come back tae haunt yoo

An' though ye may be laughin'
'Hinkin' ye've got uz on the run
Oor time is goin' tae come
When we realize we're aw yin
An' the penny drops that there is nae point in runnin'
An' if ye try tae scare uz wi' the armies ye command
Ye'll hae tae un'erstan', we winnae defend yer evil plan
Peace cannae be won by senseless killin'
In fact we find it chillin'

So hey Mr Politician we'll stop actin' like a bee
We've realised that we are the majority
Hey Mr Illumanati, a' hope that ye kin run
Cause there's a lot ae angry people that still aen a gun

There is nae part ae this wurld ye hivnae mined
Committin' every dirty crime
Ya scumbag bunch ae thieves
Get doon on yer filthy knees
Dinnae gie a speech
There is only yin place left fur ye te go
Nae mare pollutin' ae the sky
We aw want tae breathe
An' enjoy a cup ae tea
While sittin on oor hands
An' if we want tae we'll be late
Tae prove we arenae slaves
We jist want tae play
Fae fuckin' embryo

So hey Mr Politician we're settin' oorselves free
We are luvely an' we dinnae need yer authority
Hey Mr Confused Soul come an' join oor band
An' in the evirlastin' moment we'll go dancin' wi' yoo

THE ANSWER

Hoo many dreams must yin man hae
Afore jist yin will come true?
Hoo many souls will the devil purchase
Afore he demands su'hin new?
Hoo many lives will man sacrifice
Afore he escapes fae the zoo?
The answer ma freends is aw up tae yoo
The answer is aw up tae yoo

Hoo many battles will humani'y win
Afore it defeats itsel?
Hoo many pills does it need tae consume
Afore it attains mental health?
Hoo many throats dae we need tae cut
Afore we kin share oor wealth?
The answer ma freends is tae tak a holy pew
The answer is tae tak a holy pew

Hoo many hearts will be lonely the nicht
Cause we dinnae ken hoo tae disagree?
Hoo many songs dae we need tae sing
Afore we kin jist let it be?
Hoo many times kin ye turn yer heed
Pretend that yer tae smart tae see?
The answer ma freends is tae tighen up yer screw
The answer is tighten up yer screw

The answer ma freends is deep inside ae yoo
The answer is deep inside ae yoo

The answer ma freends is tae escape the zoo
The answer is tae escape the zoo

The answer ma freends is tae stop sniffin' glue
The answer is tae stop sniffin' glue

The answer ma freends is tae be born anew
The answer is aw tae be born anew

THE TESTICAL BROTHERS

SCREAM

We feel like ancient Greek Gods
We love our triple six packs
We look like crazy 'hell riders'
But why do we SCREAM like little girls?

You may think that we're the menliest men
You've ever seen
But when we play our instrument
We just have to
Adjust our nuts and
Screeeeeaaaaaaammmmm

We're like female special toys
We play hard and satisfy
We make your holes much wider
But we just have to SCREAM like infant girls

You may think we're the sexiest men
You've ever seen
But when we slap our spank plank
We just have to grab our balls and
Screeeeeaaaammm

We are every woman's dreamboat
We pack meat like circus freaks
We can tame the horniest beasts
But we do love to SCREAM like baby girls

You may think we're the hardest men you've ever seen
But when we swing our magic axe
We just have to rub our stones
And SCCCRRRREEEAAAAMMM!!!!

WE GOT BALLS!

I gotta b-a-a-l-l-s
Yeah man, he got some big goddam balls
He gotta b-a-a-l-l-s
Yeah, mine ain't too shabby either
We gotta b-a-a-l-l-s
Together we got serious balls
We gotta b-a-l-l-s
That's why they call uz 'The Testical Brothers'

You may think that we got little balls
Because we're fat…and we're ageing
But be warned
We ain't lyin'
When we say we got the biggest balls
You've ever seen

If you want to challenge us
With the little tiny beans you got
You better join them altogether
But you will still fall plenty short

Why do you think I wear a kilt?
I can't find pants that are big enough
To hold my massive testicles
Without them turning blue

Why else would I wear a Şalvar?
If I didn't have huge big balls
You better not mess with me

Or I'll suffocate you to death
B-a-a-l-l-s
We were just born that way
We gotta b-a-a-l-l-s
The midwives had never seen such a pair

You're gonna find out just how
Incredibly big our balls are
If you think you can get on our tits
Without uz blowing up

We dinnae take - nae shit - fae an ass
Or pish fae a bawbag
Ye wanna try us?
Yer mental
If ye got a death wish
Come ahead
You'll be dead
We will mess
With your head
Like the last prick
Who made uz sick
He shat a brick!

All our lives we've carried them
Sometimes in a wheelbarrow
On occasion we've even used them
As a mode of transport

Our 'Space Hopper' balls
They come in handy
When anyone tries
To take the mickey

We bounce them bandy
We gotta B-a-a-l-l-s
You got peanuts by comparison
We gotta b-a-a-l-l-s
Even Ron Jeremy says we got the balls

B-a-a-l-l-s
We sometimes use them as safety nets
B-a-a-l-l-s
Children love bouncing on them
B-a-a-l-l-s
We rent them out as trampolines

Balls, Balls, Balls, Balls
We gotta profit from them somehow
B-a-a-l-l-s
Only problem is
Women run a mile
When they see our
Space Hopper B-a-a-l-l-s!

WOE-MAN

I fell in love, got married
Yes - lost my mind - I did it, I did it
I know my friends said there's no hurry
They should have said
They should have told me man
Don't throw your life away
I threw it down the shitter
You know you're going to pay
It's costin' me a damn fortune

Yea woe-man,
Yeah man, tell me about it I got a woe-man
I got a woe-man so bad, it feels like two

You got a woe-man?
God, I got an uptight woe-man
Yes I got - woe-man
She brings me woe

Now out of love, still married
I'm – In a bind – I hate it
I hate it

She does not shave anymore, she's furry
I wish I never wed
Why did I get married?
She makes me want to stray
I want to commit adultery
Cause now I want to be gay
Yeah, she put me off women for life

Yea woe-man,
I got a god damn bitch
I've got a woe-man
Do you got one too?

You got a woe-man?
She puts me through the ringer
I got a - woe-man
I need to see a shrink because of her

Yeah, I got the blues man that guitar is screamin'
Sounds like you got a woe-man too
You got a woe-man too?
Yeah, that's how I feel

I feel like that inside man
I feel the pain, the torture, the torment
That guitar is screamin' like a bitch
Just like my bitch

I got a woe-man
She brings me woe
You got a woe-man?
I got one - you got one?
I've got a woe-man
I empathise man, I feel your pain

You got a, I got a, you got a, I got a, you got a, I got a,

I got a, I got a woe-man
We all got woe-man
You got woe-man
All the guys with tortured faces, you got woe-man?

I got a woe-man
You single guys, you learn from this
You got a woe-man
Whatever you do don't get one, set them free,
Yeah, let them bitches go!

MY DAILY ROUTINE

Get up every day
Take a massive dump
With my lightened load
Face the day ahead

Spit clean the cabinet
Holding my ex-wife's lover's skull
Helps me to get over how much anguish
That bitch put me through

Every afternoon
Put my rifle target up
With her picture on it
I aim for her big fat head

Then I polish the jar
Holding my ex-wife's lovers testicles
I'm not sayin' I'm bitter
But I can't stop thinkin' how she tortured me

During every night
Want to strangle her
She haunts all my dreams
God I want her dead

All I see when sleep
Is my ex-wife's lovers baby's arm
At least now she knows
That you do not want … to fuck with me
Yeah!

IT'S BEEN SO LONG

I'm gonna have to get hot dog out to play
But I don't know if I'll get a bone

It's been so long since you've had a lay
I think your blood may get lost on the way
Oh god it's been so long
He's forgotten what it's like to make it come

It'll feel so good to set the juice free
Bottled up deep inside of me

Like a pressure pot about to explode
Walls will shake when you blow your load
Oh god it's been so long
He's forgotten how to turn the hose on

I can't get my wife's face out my head
She kills my male potency

You try to think of Brigitte Bardot
But your wife pops back to say hello
Oh god it's been so long
He's forgotten why he used to get it up

I've been trying for over an hour
Can't resurrect my worm back to life

You thought it wiz just hibernating
You didn't know how to raise the dead
Oh god it's been so long
He's forgotten what it's like to make it cum

MONEY

You know I
I want a hot chick
But I can't afford none
Cause women they do not want
A poor cheapskate bum

It's been so long
Since he got his hole
He's gonna commit a crime
He's gonna go insane
He's gonna lose his mind
He's gonna rob a bank

Money, money
Turns shit to honey
Money, money, money, money, money, money
Solves all your needs

Cause when you got money, money
Turns sad to funny
Money, money, money, money, money, money
Goodbye prayer beads

You know I
I want a sweet bird
But I can't find one
Cause ladies they do not want
A life on the run

It's been so long
Since he got his hole
He's gonna commit a crime

He's gonna go insane
He's gonna lose his mind
He's gonna rob a bank

Money, money
Makes clouds go sunny
Money, money, money, money, money, money
Helps you do the deed

Cause when you got money, money
Listen to me Sonny
Money, money, money, money, money, money
You can spread your seed

Money, money
Turns shit to honey
Money, money, money, money, money, money
Solves all your needs
Cause when you got money, money
Pussies they go runny
Money, money, money, money, money, money
Broads want to breed

Cause when you got money, money
You get a 'Playboy Bunny'
Money, money, money, money, money, money
How old men succeed

But when you got no money NO money
That shit ain't funny
NO money, money, money
NO money, money, money
You gotta kneel down and plead

PAY MA MONEY

Mmmm Yeah
When you gonna pay ma money?
Yeah, I need ma money, ya know
You better pay me ma money
Yeah, I need ma money

Yeah yeah yeah yeah, Mm mmm, Mmmm,mm, yeah yeah
Well pay my money
Dont mess with me
Don't play with me
Dont screw with me

Dont fuck with me
Or you
Will see
Your face on ma knee

It's simple
I do the work
I get paid
Or if not
Balls will roll
Namely yours
Comprendo?

Mmm, Yeah yeah yeah yeah
You gotta pay my money
Yeah, I know you got money
Or you can sell your woman, huh?

How much your woman?
How much your dame huh?
How much? She ain't worth that.
Ok, I'll take your sister too

Pay my money
If you don't pay my money
You will shit yourself
I'm gonna snap your fingers

I'm gonna break your toes
Then I'm gonna shoot your knee caps
Pay ma money,
Want ma money,
Give ma money,
Show me money, yeah!

Let me make this totally crystal
So you won't see the wrong end of ma pistol
I don't care if you have to sell a body part
Give me ma money or I'll tear out your heart

I will put it in a jar on my fireplace
And even then your debt I won't erase
I will hunt down your next of kin
They will pay ma money or end up in a bin

Mm mm mmm, yeah yeah yeah yeah
Mmmm
You got money
I know yeah
If you tell me no money

Send your woman
Send your sister
Send your mother already
Send your aunt
Send all your female family
You gotta send me

I know you got money
Pay ma money
I need ma money
Or someone's gonna pay

Somehow
Someway
I guarantee it
Especially when it comes to money
Don't mess with a Testical Brother

Many have tried...they failed
They are now pushing up the daisies
I know you got more sense than that
So man, where's ma money?

OUR FANS

Where are we?
Wherever it is we don't want to be here
Cause you're ugly
That's why you have to drink beer

You want to look like uz
Two perfect Greek gods
But you cuidn't handle
Our double Y chromosome

We need good looking fans
Who dinna make uz want to boke
If you want to see uz again
You need to get plastic surgery

We need good looking fans
Who dinna make uz want to throw up
If you want to see uz again
You have to get lipo-suction

How'd we get here?
Wherever 'tis we just want to flee
You repulse us
Make uz want to go on a killing spree

We got a luxury tour bus
But none of you will get on board
We couldn't live with ourselves
If with one of you, we scored

TOO EASY

You've got it all far too easy!
You've got it all far too easy!
You've got it all far too easy!
You've got it all far too easy!

I'm goin' to tell you all a story
Of our poor life back in the old days
If you got a brand new bicycle
You thought you'd won the lottery
You've got it all far too easy!

You were the richest kid in town
If you had your own TV
To go on a foreign holiday
Was like travelling to the moon
You've got it all far too easy!

You think you got it so tough?
You think you got it hard?
You're owed a livin'?
We are old farts?
Aye, right
Wake up
Ya pricks
Freedom!!!
Now the brats don't know they're born
Lost in cyber reality
When they want a shiny toy
One just falls out from the sky
You've got it all far too easy!

FUNK YOU!

We were jammin' in the eighties, we were cool
We shoulda been rich rock stars not drunken fools
But the public didn't worship our massive tools
So every night we nearly drowned in a swimmin' pool

Thirty years later we are still bangin' on
To all you freakin' morons we just want to say
Funk you!
Funk you!
We've never had a number one... so funk you!

Funk you!
Funk you!
In fact we've never had a single hit...funk you!

We just want
Only one number one
Please
Or if not
Then just one
Single hit
Or else funk you!
Funk you!
If you won't buy our records funk you!
Funk you!
Funk you!
Or at least buy our merchandise or funk you!

We could have been as big as Whitesnake or Megadeath
Instead we drank straight to hell and got hooked on meth

We couldn't sign a deal with the devil when we were there
We couldn't see the penknife that bastard offered us

If you won't buy our records funk you!
Funk you!
Funk you!
Or at least buy our merchandise or funk you!

Now many years later we're still banging our headbanger's
    head
We only have one thing left…to say…to you funk you! Funk
    you!

To every single one of you…funk you!
Funk you!
Funk you!
We couldn't sign our names in blood
So funk you!

The majority of these poems were written
For my second comedy character Hamish McTavish
Then I invented Nob Stewart and used for him
Same difference, neither are very lavish

Although not all strictly 100% true
They are all based on my real life
So please don't hate too hard on me
I am still on talking terms with my now ex-wife

Then there are the humorous lyrics
For which I used Nob to be able to sing
If you can't carry a tune in a bucket
Your bow needs to have a funny string

Which brings me to the Testical Brothers
A project left unfinished in Turkey
I wrote all they lyrics for the songs
My brother wiz too busy playing jerky

I really want you to hear the tunes
As I think they have some great potential
But apparently now making great music
Is no longer deemed a job that's essential

So if you find this book amusing
And would like to hear some more tales
Believe me I have lived many multitudes
Of times when I went severely off the rails

All you have to do is get in touch
Send me loads of money on a regular basis
And I will do my best to get back to you
But I'll probably be higher than a wonderwall oasis

ABOUT BILLY WATSON

Billy Watson is a comedian, poet and social commentator.

Billy has his own youtube like channel at billywatson.tv and a membership site at billywatson.vip where he does weekly live shows and interviews.

Connect with him on:

Twitter @ billywatsontv

Facebook at facebook.com/billywatsontv

and you should send him an email at billy@billywatson.vip if the mood strikes you.

Printed in Great Britain
by Amazon

84308677R00142